S.S. Van Dine

L'ULTIMA AVVENTURA DI PHILO VANCE

Edizione integrale

COMPAGNIA DEL GIALLO
GRUPPO NEWTON

Personaggi principali

Philo Vance
investigatore dilettante
John F.X. Markham
procuratore distrettuale
Carrington Rexon
collezionista miliardario
Richard Rexon
figlio di Carrington Rexon
Joan Rexon
figlia invalida di Carrington Rexon
Carlotta Naesmith
fidanzata di Richard Rexon
Eric Gunthar
soprintendente di Rexon
Ella Gunthar
figlia di Eric Gunthar
Dottor Loomis Quayne
medico di casa Rexon
Jacques Bassett
amico di Richard Rexon
Marcia Bruce
governante di casa Rexon
Tenente O'Leary
ufficiale di polizia

In copertina: Sergio Ceccotti, *Intérieur mauve*.

Titolo originale: *The Winter Murder Case*
Traduzione già pubblicata anonima nei "Gialli Economici Mondadori" opportunamente riveduta e aggiornata.

ISBN 88-7983-533-5

Il Giallo Economico Classico - Numero 41 - 16 aprile 1994 - Pubblicazione settimanale - Direttore responsabile: Rosella Presciuttini Maggiulli - Registrazione n. 151 del 5 aprile 1993 presso il Tribunale di Roma - Fotocomposizione GI Grafica Internazionale s.r.l., Roma - Stampato per conto della Finedim s.r.l., Compagnia del Giallo, Roma, presso la Rotolito Lombarda S.p.A., Pioltello (MI) su carta Libra Classic della Cartiera di Kajaani distribuita dalla Fennocarta s.r.l., Milano - Copertina stampata su cartoncino Fine Art Board della Cartiera di Aanekoski - Distribuzione nazionale per le edicole: A. Pieroni s.r.l., Viale Vittorio Veneto, 28 - Milano - telefono 02-29000221, telex 332379 PIERON I - telefax 02-6597865 - Consulenza diffusionale: Eagle Press s.r.l., Roma.

Prima di iniziare

Il lettore s'accorgerà subito di come tra questa Ultima avventura *e gli altri romanzi polizieschi di S.S. Van Dine ci sia una notevole differenza quanto a spessore delle descrizioni e dei dialoghi.*

Ciò è dovuto alla particolare storia di quest'opera.

Ognuna delle avventure di Philo Vance ha avuto una prima stesura (circa 10.000 parole) che presentava l'intreccio completo in ogni dettaglio; seguiva una seconda stesura (circa 30.000 parole) che costituiva la seconda fase della minuziosa elaborazione dei romanzi di Van Dine. Solo la terza e ultima stesura rappresentava l'opera completa, pienamente formata in ogni sua parte.

L'ultima avventura *è rimasta alla seconda stesura. Al momento della morte dell'autore, infatti, il manoscritto era sì completo, ma l'ultima fase — il complesso e paziente lavoro di rifinitura e "riempimento" dell'intreccio — non era ancora stata compiuta.*

Per questo il racconto scorre così veloce, i dialoghi appaiono più stringati che nelle altre opere di Van Dine, le descrizioni sono rapide e concise.

Tra i lettori non mancherà chi, proprio per questo, troverà L'ultima avventura *in qualche modo più particolare e prezioso: esso costituisce infatti, allo stesso tempo, un documento unico sulla tecnica di Van Dine e un avvincente romanzo breve in cui la narrazione procede con ritmi incalzanti verso l'inattesa soluzione finale.*

1. Richiesta d'aiuto

Martedì, 14 gennaio, ore 11 a. m.

— Non ti piacerebbe trascorrere un breve periodo di vacanza in un posticino ideale...? Sport invernali, simpatica compagnia, casa accogliente e riposante... Ho qui un invito di questo genere per te, Vance.

Philo Vance aspirò una boccata di fumo dalla sigaretta e sorrise.

Eravamo da poco arrivati nello studio del procuratore distrettuale Markham, in seguito ad una sua telefonata allegra ma pressante. Vance guardò l'amico e sospirò.

— Le tue parole mi insospettiscono — disse. — Parla chiaro, oracolo.

— Il vecchio Carrington Rexon è preoccupato.

— Ah! — fece Vance con finta desolazione. — Nessuna generosità, mai. Nessuna spontaneità di cuore, in questa vita. Molto triste. Dunque io sono graziosamente invitato in campagna solo perché il vecchio Carrington Rexon è nei guai, e un investigatore sottomano gli farebbe comodo, gli calmerebbe i nervi. Bell'invito. Per nulla lusinghiero. No?

— Non esser cinico, Vance.

— E perché le preoccupazioni di Carrington Rexon dovrebbero starmi a cuore? Io non sono per nulla preoccupato.

— Be', lo sarai — ribatté Markham con scherzosa malignità. — Non negare che i guai degli altri ti interessano, o sadico individuo che non sei altro. Tu vivi in margine al delitto e alla sofferenza, adori le preoccupazioni, e moriresti di noia se la vita fosse rosea.

— Che, che! Niente sadismo. Io lotto sempre per ristabilire la pace e la calma. È la mia indole caritatevole ed altruista che mi spinge all'azione.

— Ah, ah! Avevo ragione. Già vedo, da un certo scintillio nei tuoi occhi, che le preoccupazioni del vecchio Rexon ti interessano moltissimo.

— La tenuta di Rexon è un magnifico posto — osservò Vance pensoso. — E perché mai, Markham, con tutti i suoi milioni, la sua libertà, i suoi due idolatrati rampolli, i suoi possedimenti, la sua fama e la sua forza, Rexon dovrebbe essere preoccupato? Mi sembra una cosa irragionevole.

— Eppure egli desidera immediatamente la tua presenza.

— Già — fece Vance accomodandosi ben bene nella poltrona. — E immagino che la causa di tutto risalga ai suoi smeraldi, no?

Markham fissò Vance coi suoi occhi acuti.

— Non fare l'indovino. Detesto i divinatori del pensiero. Soprattutto quando si tratta di cose tanto semplici... Naturale che la colpa sia di quei maledetti smeraldi.

— E allora dimmi tutto. Non trascurare nessun dettaglio. Avanti.

Markham accese un sigaro, aspirò qualche boccata per assicurarsi che tirasse a perfezione, poi disse:

— Inutile parlarti della famosa collezione di smeraldi di Rexon, immagino. Saprai già come viene custodita.

— Sì. Ho avuto occasione di visitarla alcuni anni fa. Mi parve insufficientemente protetta, allora.

— E così è oggi. Grazie al cielo la tenuta Rexon non è nella mia giurisdizione. Sarebbe un bel grattacapo... Tempo fa cercai anzi di indurre Rexon ad affittare la sua collezione a qualche museo.

— Poco simpatico, da parte tua. Rexon è fanatico delle sue pietruzze e non vivrebbe più, se ne fosse privo... Oh! perché mai esistono i collezionisti?

— Non lo so proprio. Non l'ho creato io il mondo.

— Ed è un vero peccato — sospirò Vance. — Ma continua ad espormi la situazione.

— Ecco qua. Attualmente il castello di Rexon è gremito di ospiti. Il giovane Richard Rexon è da poco arrivato dall'Europa, dove ha studiato medicina nelle università e nelle cliniche più illustri, e suo padre ha voluto accoglierlo dando una serie di feste...

— Lo so. A conclusione delle quali spera di poter annunciare il fidanzamento del suo rampollo con la nobile signorina Carlotta Naesmith... Qual è dunque il motivo della sua preoccupazione?

— Rexon, essendo vedovo e con una figlia invalida, ha pregato la signorina Naesmith, espertissima di queste cose, di organizzare le feste e i trattenimenti al castello. La ragazza ha accettato ma... gli ha riunito in casa una compagnia piuttosto eterogenea, e poco congeniale agli antiquati e sani gusti di Carrington Rexon. Egli non sospetta propriamente degli ospiti, ma... la loro vicinanza ai preziosissimi smeraldi lo inquieta, ecco.

— Tipo all'antica. La nuova generazione è imprevedibile. Ma non troppo simpatica in fondo... E Rexon non ha alcun sospetto specifico?

— Egli penserebbe a un certo Bassett... Cosa strana, però, questo Bassett non fa parte della compagnia riunita dalla signorina Naesmith. È una amicizia personale di Richard. I due giovani si sono conosciuti in Svizzera, credo... Del resto il vecchio confessa di non aver avuto alcun motivo preciso di sospetto. È un po' nervoso, ecco tutto, e desidererebbe avere accanto una persona molto perspicace. Per questo mi ha telefonato accennando a te.

— Già. Vedo. I collezionisti sono fatti così. A chi poteva rivolgersi, nel dubbio? Ah, già, il vecchio Markham. Lui ha tutti gli elementi che occorrono per un compito così delicato. Elemento numero uno: il signor Philo Vance. Sa portare discretamente l'abito da sera. Non beve il caffè nel piattino. Può unirsi agli ospiti e sorvegliarli senza destar sospetto. Discrezione garantita. È quello che occorre per fugare l'ombra di una minaccia, qualora esista... — Vance sorrise con aria rassegnata. — Questo è il nocciolo della telefonata interurbana del vecchio Rexon, eh?

— In linea di massima, sì — ammise Markham. — Ma la forma è stata molto più simpatica. Tu sai benissimo che Rexon ha una grande simpatia per te, e che ti avrebbe invitato in ogni modo, se avesse supposto di farti piacere.

— Mi fai vergognare di me stesso — replicò Vance contrito. — Anch'io ho molta simpatia per Rexon. Una cara persona... Be', se proprio gli occorre il conforto della mia presenza farò di tutto per spianare le rughe della sua nobile fronte.

2. Al chiaro di luna

Mercoledì, 15 gennaio, ore 9 p. m.

Markham avvertì Carrington Rexon del nostro arrivo, e partimmo il pomeriggio seguente con l'Isotta-Fraschini di Vance.

Era una giornata chiara e fredda. Il tragitto da New York al castello di Carrington Rexon ci avrebbe preso cinque ore, in condizioni di tempo normale, ma durante la notte era nevicato abbondantemente, nelle strade si sprofondava, e questo ci causò un notevole ritardo.

Erano quasi le nove quando arrivammo al grande portale di pietra che segnava l'inizio della tenuta di Rexon, e nel cielo limpidissimo e fitto di stelle la luna era luminosa.

Non c'era nessuno per guidarci e quando giungemmo alla sommità di una collinetta rocciosa Vance rimase perplesso sulla direzione da seguire, finché, scorgendo sulla destra tracce di ruote semicancellate dalla neve, si decise a seguirle.

Un miglio circa più in là la strada discendeva dolcemente in un valloncello tutto bianco di neve, oltre il quale il terreno tornava a salire quasi a picco sino ad un minuscolo altipiano coronato di alberi.

Vance guidò la macchina silenziosa giù per il pendio, e quando fummo giunti al fondo, una lieve ondata di musica ci giunse attraverso gli alberi, alla nostra sinistra. Nessuna abitazione era in vista e quella musica accentuava l'aspetto fiabesco del paesaggio.

Scendemmo dalla macchina e ci avviammo nella direzione da cui proveniva la musica.

Avevamo percorso un centinaio di metri quando, attraverso gli alberi che ci nascondevano, scorgemmo un piccolo stagno gelato sul quale un fanciulla stava pattinando. La musica proveniva da un piccolo grammofono portatile posto sopra una rustica panca in riva allo stagno.

Nel chiarore della luna e delle stelle, la fanciulla, vestita d'un bianco e semplicissimo costume da pattinatrice, sembrava un'apparizione. Stava eseguendo difficilissime "figure'' e le ripeteva con serietà ed applicazione come se cercasse di perfezionare il proprio stile.

Vance si fece attentissimo.

— Perbacco! — sussurrò. — Pattina in modo meraviglioso.

Rimase ad osservarla come affascinato, sino a quando il grammofono cessò di suonare. Allora, mentre la pattinatrice concludeva una complicatissima spirale, Vance avanzò e la salutò cordialmente.

Dapprincipio la ragazza parve spaventata, ma poi sorrise, di un sorriso un po' timido.

— Siete certo i nuovi ospiti attesi al castello — disse. — Mi spiace d'essermi lasciata sorprendere a pattinare. È una specie di segreto, sapete... Ma non ne parlerete con nessuno, vero? — soggiunse con aria quasi supplichevole.

— Si capisce, che manterremo il segreto — la rassicurò Vance, osservandola. — Ma io credo di conoscervi... Quando venni al castello, alcuni anni or sono, non eravate l'amica e la compagna della signorina Joan?

— Sì. E lo sono ancora. Mi chiamo Ella Gunthar... Non mi ricordo di voi, lo confesso. Dovevo essere ancora una ragazzina, quando veniste qui la prima volta.

— Io sono Philo Vance. Ho smarrito la strada, mentre mi recavo al castello, e udendo della musica l'ho seguita nella speranza di trovare chi mi mettesse sul giusto cammino.

— Non è difficile. Dovete ritornare in cima alla collina e svoltare a destra. Dopo un miglio circa vi troverete in vista del castello.

Vance ringraziò la signorina Gunthar, ma indugiò ancora un momento.

— Ditemi un po', signorina: se voi siete al castello come compagna di Joan, perché mai venite a pattinare su questo piccolo stagno così lontano e isolato?

Il bel volto di Ella Gunthar si rannuvolò:

— Non... non voglio urtare la suscettibilità di Joan — disse. — Vengo sempre a pattinare qui, la sera, quando il mio compito al castello è finito.

— Ma il grammofono? — fece Vance. — Sarà una bella fatica portarlo per un tratto di strada così lungo.

— Oh, ma quello non lo tengo laggiù — rispose Ella ridendo. — Il grammofono rimane sempre nella capanna di Jed, appena dietro la svolta del sentiero, dove c'è quel grande cipresso. Anche i pattini e il costume li tengo là. È un segreto fra Jed e me.

Vance le sorrise, per rassicurarla.

— Bene, vi prometto la più assoluta discrezione. È un magnifico segreto davvero. E lo sapete d'essere una bravissima pattinatrice? Siete una delle più brave che mai abbia visto.

La ragazza arrossì di piacere.

— È la mia grande passione, pattinare — rispose con semplicità.

Pochi minuti dopo la nostra macchina si fermava davanti al castello di Rexon vivacemente illuminato.

Mentre un maggiordomo calvo e attempato ci guidava attraverso l'atrio, dalle sale ci giunse un rumore di risate, di chiacchiere, di musiche popolari.

Gli ospiti si stavano certo divertendo, a giudicare da quell'eco lieta e giovanile.

Carrington Rexon, solo nel suo studio, ci accolse con grave cordialità, da vecchio signore. Era la prima volta che lo incontravo di persona, ma spesso avevo visto la sua immagine sulle riviste cittadine.

Era alto, magro, autorevole, sulla sessantina. C'era qualcosa di lontano, di forte, di vagamente feudale nel suo aspetto. Ricordava un poco il famoso ritratto di Lord Ribblesdale eseguito da Sargent.

— Oh, Vance! Siete stato molto cortese a venire. Forse giudicherete poco fondate le mie apprensioni...

La porta si aprì, e sulla soglia comparve un giovane bruno, dall'espressione seria e dalla corporatura atletica.

Rexon si volse, senza sorpresa.

— Mio figlio Richard — presentò, senza nascondere il proprio orgoglio. Poi: — Come mai, Richard, hai abbandonato i nostri ospiti?

— Sono un po' stanco — rispose il giovane scrollando le spalle, con un sorriso. — Forse non sono abituato a questa vita. È un cambiamento tale...

Una giovane donna sui venticinque anni comparve a sua volta e si guardò in giro.

Carrington Rexon parve perdere un poco della sua rigidezza e ce la presentò.

Anche il bel volto di Carlotta Naesmith mi era noto per averlo visto decine di volte sulle riviste che parlavano del gran mondo. Vivace, attiva, con due occhi sagaci e i capelli color del rame, la signorina Naesmith era una delle personalità più ricercate nell'alta società newyorkese.

La ragazza ci salutò con un cenno indifferente del capo e si volse al giovane Rexon.

— Completamente a terra, Richard? L'allegria vi ha stancato? Via, via, non bisogna disertare la nave proprio quando il mare comincia a farsi tempestoso.

— Credo che Carlotta abbia perfettamente ragione, Richard — commentò Carrington Rexon. — Sei tornato a casa per distrarti. Dimentica dunque per un po' di tempo microbi e bisturi, e ritorna presso i nostri ospiti con Carlotta e col signor Vance... Egli sarà lieto di conoscere i tuoi amici.

3. Il bicchiere di whisky

Mercoledì, 15 gennaio, ore 10.30 p. m.

Uno spettacolo straordinariamente allegro e vivace ci si presentò, al nostro entrare in salotto.

Gruppetti di giovani chiacchieravano, scherzavano, ridevano, altri danzavano. Uno spirito di gioconda spensieratezza animava l'ambiente.

Carlotta Naesmith era un'ospite abilissima e ci guidò attraverso la piccola folla tumultuosa presentandoci e descrivendoci con brio i singoli invitati a mano a mano che li andavamo incontrando.

— Ecco Dahlia Dunham — disse fermando una giovane donna sui trent'anni, dall'aria nervosa e ardente. — È una vera "pasionaria", ricca di teorie incredibili e pronta a battersi per le cause più svariate...

— ...salvo quella del proibizionismo — rispose l'altra con una voce un po' rauca e tremula; poi, liberatasi dalla stretta di Carlotta, corse verso il piccolo bar.

Un'altra giovane s'avvicinò protestando:

— Ma che razza di posto è mai questo! Non c'è nemmeno un campo d'atterraggio! Carlotta, quando sarai padrona dei milioni di Rexon, persuadi Richard a farne preparare uno...

Era bionda, fragile, con un volto appuntito, invaso da due grandi occhi liquidi.

La riconobbi subito, prima che Carlotta ce la presentasse: Beatrix Maddok, celeberrima aviatrice, cui un divieto del governo aveva impedito recentemente di intraprendere una solitaria traversata dell'Atlantico.

— Che c'è, Beatrix? — disse una voce tonante alle mie spalle. E subito un gigantesco giovane comparve e circondò con un braccio la vita della Maddok. — Hai un'aria tetra. Manca il carburante? Anche a me... — E la guidò verso il bar.

— Quello era Pat Mc Orsay, il corridore automobilista che ha vinto il gran premio di Cincinnati lo scorso anno. È innamorato di Beatrix, ma lei disprezza gli automobilisti. Chissà, forse verranno a un compromesso. Volevo presentarvi Pat, è un simpatico bestione... Ma ecco là un altro asso della velocità... Ehi, Chuck! — chiamò Carlotta. — Piantatela di far la corte a Sally e venite qui un momento... se vi riesce.

Chuck Throme, il fantino-gentiluomo vincitore della recente "classica" di Aintree, la corsa a ostacoli, mosse rigidamente verso di noi. Il suo sguardo era incerto ma i suoi modi impeccabili.

— Sedete, caro... — lo esortò Carlotta. — Vi presento Philo Vance... Non ostinatevi a rimanere in piedi, vi riesce troppo difficile.

Throme si drizzò, con aria indignata, in tutta la sua statura (poco più di un metro e mezzo) e, con stile, ci rivolse un inchino. Ma non seppe più raddrizzarsi e si accasciò sul tappeto.

— Questa volta Chuck non ha superato l'ostacolo — rise il nostro cicerone. — Procediamo. Penserà qualche stalliere a rimetterlo in sella... Che cosa indegna, nevvero, signor Vance? I liquori sono il peggiore dei veleni... Rovinano il cervello, corrodono il morale, eccetera... A proposito, ora che ci penso, andiamo a bere qualche cosa...

Vance accettò un bicchierino di cognac. Mentre stavamo chiacchierando, un uomo alto, dal volto bruciato dal sole si avvicinò a noi e mise con aria protettrice un braccio sulle spalle di Carlotta Naesmith.

— Anelo sempre ad avere una vostra risposta, Carlotta — disse con aria cordiale. — Per l'ultima volta, o quasi, vi ripeto: volete o non volete venire con me all'isola Cocos quando Richard ritornerà a fare il conciaossa?

— Oh, oh! — rispose la signorina Naesmith liberandosi scherzosamente. — Sempre la vostra idea fissa di rapirmi, a quanto vedo. Stan, questo non è di buon gusto, proprio sotto il naso di Richard!

Richard Rexon non si mostrò per nulla seccato; anzi, ponendo amichevolmente la mano sopra il braccio del nuovo venuto, ce lo presentò: era Stanley Sydes, un giovane della buona società, che aveva troppi quattrini e trascorreva la sua esistenza in spedizioni dirette a scoprire tesori nascosti. Vance era al corrente delle sue avventure, e la conversazione si avviò su quel tema.

— Un ragazzo pieno di quattrini fino al collo — fece Carlotta ridendo — e che li spende per cercare dei vecchi doppioni polverosi! Questo è un paradosso! Oppure sono tutti pazzi al mondo, tranne me?

— Non si tratta di un paradosso, signorina Naesmith — la contraddisse Vance allegramente. — Io capisco benissimo ciò che spinge il signor Sydes... Non è il valore del tesoro in se stesso, ma la gioia di scoprirlo, l'avventura...

— Giustissimo! — fece Sydes col suo vocione. — La gioia

di riuscire là dove altri han fatto fiasco, di trovare le tracce di una cosa unica... Accidenti, sto parlando come un collezionista... sia detto senza offesa al tuo eminente genitore, Richard...

A questo punto un gruppo numeroso, all'altro capo della sala, attrasse l'attenzione di Sydes, che ci lasciò.

Il suo posto venne preso quasi immediatamente dalla ragazza che avevamo visto poco prima scherzare con Throme.

— Oh, Sally, ancora sola? — le chiese Carlotta Naesmith. — Il vostro cavaliere non è ancora rimontato in arcione? Signori — continuò volgendosi a noi — costei non è altri che Sally Alexander, cantante, mima, fine dicitrice e pianista di eccezione!

— Ho già avuto occasione di applaudirla — disse Vance.

— Oh, Carlotta si fa gioco di me! — esclamò Sally Alexander — ed io per punirla, ecco, le porterò via il suo Richard.

Fece scivolare un braccio sotto quello del giovane Rexon e lo trascinò verso il centro della sala, dove si ballava.

Carlotta Naesmith scrollò le spalle, guardando Vance.

— Ne avete avuto abbastanza? — chiese. — Ci sono anche altri campioni, se volete, ma nulla di speciale... Sono o non sono una guida sincera?

— Sincera e simpaticissima — replicò Vance, deponendo il bicchiere. — Ma... non c'è qui anche un certo Bassett?

— Ah, Jim... — Carlotta si guardò intorno. — È l'amico di Richard, sapete. Merce, più e meno, d'importazione. Comunque è arrivato con lo stesso piroscafo di Richard e non fa che parlare di campi di sci svizzeri, a tutto disdoro dei nostri, naturalmente... Però, se le mie orecchie non mentono, elogia le cose d'altri paesi con un fortissimo accento del Far West americano... Oh, eccolo là, il vostro uomo, che sta bevendo gagliardamente, e tutto solo... Venite, ve lo presento: poi correrò a liberare Richard da quella sirena...

Jim Bassett sedeva a un tavolino e beveva whisky a tutto spiano. Era alto, bruno, aggressivamente atletico. Le fitte sopracciglia formavano una linea ininterrotta sopra il largo naso piatto.

Ci parlò dell'Europa, e Vance si mostrò interessato. Ben presto venne fuori la Svizzera, e Bassett si mostrò eloquentissimo nel descriverci le corse in taboga e le piste di sci di Oberlaken, nel Tirolo.

Vance menzionò Amsterdam, ma l'argomento non interessava Bassett, che poco dopo si allontanò da noi. Allora, senza farsi scorgere, Vance lasciò cadere il proprio fazzoletto sul bicchierino nel quale il giovane aveva bevuto, lo raccolse, si mise il tutto in tasca e uscì rapidamente dalla sala. Ritrovai poco dopo il mio amico nello studio con Carrington Rexon.

Una terza persona era seduta fra loro davanti al camino: un uomo sui quarantacinque anni, dai capelli grigi, dalla voce morbida, dai modi pacati e professionali, ma non privi di cordialità. Era il dottor Loomis Quayne, medico curante di casa Rexon.

— Il dottor Quayne — spiegò Rexon — era venuto per dare un'occhiata a mia figlia Joan. Ma lei si sentiva stanca, per via di tutti questi ospiti, ed è andata da parecchio tempo a riposare.

(Philo Vance mi aveva parlato della tragedia di Joan Rexon, durante il nostro viaggio: a dieci anni era caduta mentre pattinava, ferendosi gravemente alla spina dorsale.)

— La stanchezza di Joan non deve preoccuparvi, mio caro Rexon — lo rassicurò il medico. — È naturalissima, date le circostanze, ed anzi questo piccolo eccitamento può risolversi in un bene per lei, stimolando il suo interesse, distraendola... Oggi la terapia psicologica è considerata l'arma più potente di noi medici. Farò un'altra capatina domani, con la speranza di poter parlare anche a Richard. L'ho appena visto, da quando è ritornato, ma ho avuto il piacere di trovarlo in gamba come due anni fa, quando lo vidi in Europa.

— Richard è di là in sala, adesso — fece Rexon strizzando l'occhio.

Il dottor Quayne sorrise.

— No, questa sera debbo andarmene presto. Ho perfino lasciato acceso il motore della mia macchina perché, con questo freddo, è una noia poi avviarlo: già è un trabiccolo che ad ogni momento debbo riparare, perché sia in efficienza... Per ora, preferisco, se non vi spiace, starmene qui ancora un poco tranquillo, e finire il mio liquore.

— Non saprei proprio darvi torto, dottore... Questa nuova generazione... — Rexon crollò il capo, disapprovando.

Chiacchierammo del più e del meno, e mi parve evidente, specie quando si venne a parlare dell'avvenire di Richard, che fra Quayne e Rexon c'era qualcosa di più che un semplice rapporto professionale: una strana intimità, dovuta forse alla tragica circostanza che li aveva per tanti anni avvicinati.

Finalmente il dottore se ne andò, e dopo poco Vance ed io ci ritirammo a nostra volta.

— Una strana e preoccupante compagnia — commentò Vance, quando giungemmo in camera sua, lasciandosi cadere in una poltrona. — Capisco benissimo che il vecchio Rexon debba sentirsi un po' nervoso. Gli sembrerà di trovarsi in un paese sconosciuto. Mi sembra anche decisissimo a combinare il matrimonio fra Richard e Carlotta Naesmith. È proprio il tipo d'uomo da desiderare un matrimonio d'interesse per figlio. Del resto quella ragazza non è certo priva di qualità... E Richard? Simpatico. Troppo serio per l'ambiente. Strano anche il suo atteggiamento nei riguardi di Carlotta. Poco normale. Mi sembrava indifferentissimo all'intraprendenza del cacciatore di tesori... E la cosa secca parecchio alla damigella. Mah! Interessante quel Sydes. Un collezionista, già... E Bassett? Tipo poco raccomandabile. Il vecchio Rexon ne è insospettito... E anche Carlotta. C'è qualcosa di familiare, per me, in quegli occhi freddi. Strano. E perché mai mente a proposito di Oberlaken? Non vi sono campi da sci e taboga, a Oberlaken, ma solo un lago, un castello, un paesetto di contadini. Probabilmente Bassett non c'è mai stato. Richard lo ha conosciuto a Saint Moritz. E quando ho parlato di Amsterdam Bassett non si è mostrato interessato. Bene, bene... Cioè, no, Van, non andiamo bene. Ambiente irrequieto. Vita di società, con tutte le sue menzogne. Intellettualismo di cattiva lega...

Vance accese una delle sue sigarette *Régie*, e allungò le gambe dinanzi a sé, pigramente.

— E durante tutta la serata, poi — continuò — non ho fatto che pensare alla piccola Ella Gunthar. Fresca. Spontanea. Deliziosa. Mah!

4. Il primo delitto
Giovedì, 16 gennaio, ore 8 a. m.

La mattina seguente, alle otto, udimmo bussare forte all'uscio della nostra camera.

— Signor Vance! Signor Vance! — Riconobbi la voce del vecchio maggiordomo. — Il signor Rexon vi prega di scendere subito nel suo studio, signore.

Vance balzò fuori dal letto.

— Che cosa è successo, Higgins?

— Non... non so.

— Bene, bene, scendo subito.

Ci vestimmo in fretta e uscimmo sul pianerottolo.

Una donna, che dal vestito nero e semplice comprendemmo essere la governante, stava curva sopra la balaustra delle scale. Ci udì venire e indietreggiò verso il muro, con lo sguardo fisso, la persona rigida.

Vance si fermò ad osservarla attentamente. Era alta, ben fatta, sulla quarantina. Aveva gli occhi verdi, i capelli neri, un volto misterioso. Sembrava un tipo nervoso e ipersensibile.

— Stavate ascoltando qualche cosa? — le chiese Vance, freddo.

— Dev'essere successa una tragedia... una tragedia! — ella rispose con una profonda voce di contralto.

— Càpita, nella vita. Dominatevi.

E corremmo giù.

— È la più strana creatura che abbia visto al castello, sino a questo momento — osservò Vance. — Piena di sentimenti repressi. Minacciosa. Sa troppe cose. Vulcanica. È lei stessa una tragedia. Dio l'aiuti.

Carrington Rexon era in veste da camera.

Presso di lui, nello studio, vedemmo un grosso uomo di mezz'età, con un giaccone di pelle, calzoni di fustagno e gambali: era pallido, impressionato, e si asciugava le mani sudaticce appoggiandosi al camino.

— Eric Gunthar, il soprintendente della mia tenuta — ci disse Rexon — ha scoperto poco fa il cadavere di Lief Wallen, il custode, in un punto poco lontano da qui. Deve esser caduto dall'alto del contrafforte roccioso. Gunthar è accorso a riferirmi e ha chiamato aiuto. Volete accompagnarlo, Vance? Ho già telefonato al medico... Lief Wallen era il custode dell'ala destra del castello, dove è la stanza degli smeraldi, sapete...

— Ah! Forse questa è un'indicazione. Capisco...

— Lief deve esser scivolato — disse Gunthar con voce rauca.

— Provvedete a che sia sostituito questa notte — ordinò Rexon. — Ci vorranno un paio di uomini per il trasporto della salma — soggiunse.

— Darrup è già all'altro campo di pattinaggio. Ne troverò un altro, poi. — Gunthar si passò una mano sulla fronte. — Lief non ci vedeva molto bene, signore... Potrei... potrei bere un altro bicchierino?

— Avete già bevuto anche troppo — fece Vance seccamente. — Su. Andiamo.

Gunthar si avviò, cupo.

Mentre traversavamo il viale davanti al castello, una strana figura comparve: un uomo malvestito, con le spalle curve e una gran barba bianca. Strascicava i piedi camminando, ma c'era una certa energia nervosa nei suoi movimenti.

Nel vederci si voltò verso un folto d'alberi, come se volesse evitarci. Ma Gunthar lo richiamò con tono autoritario.

— Venite qui, Jed. Abbiamo bisogno di voi. — Il vecchio subito obbedì. — Lief è caduto sopra le rocce di Tor Gulch. Dobbiamo trasportarlo.

Il vecchio sogghignò. Per qualche oscuro motivo la tragedia lo divertiva.

— Ho idea che voi beviate troppo, Eric — fece poi. — Ella mi ha detto che l'avete picchiata, la settimana scorsa. Non dovreste. Tor Gulch potrebbe esser pericoloso per più di una persona.

Strada facendo prendemmo con noi Guy Darrup, il falegname.

Gunthar gli espose l'accaduto e una nube passò negli occhi dell'operaio. Aveva assunto un'espressione ostile, e a un certo punto disse:

— Per un po' di tempo il vostro posto sarà più sicuro, adesso, signor Gunthar.

Gunthar ribatté iracondo:

— Avanti, avanti. Pensate ai casi vostri che sarà meglio. O forse vorreste esser voi, il soprintendente?

— Farei le cose con giustizia, almeno — ribatté l'altro con amarezza.

Traversammo un boschetto ancora pieno di nebbia e un fiumiciattolo gelato dirigendoci, press'a poco, verso i luoghi che Vance ed io avevamo percorso nel venire.

— Voi, Gunthar, siete il padre della signorina Ella? — chiese Vance.

Gunthar brontolò una parola d'assenso.

— E quello chi è? — proseguì Vance indicando con un cenno del capo il vecchio dalla barba bianca, che ci precedeva di parecchio.

Stavolta Gunthar si decise a rispondere con maggior garbo.

— È il vecchio Jed. Era soprintendente prima di me. In pensione, ora. Gli manca una rotella. Vive solo qui allo stagno, alla Valverde... lui stesso l'ha battezzata così. E noi lo chiamiamo l'Eremita Verde... Brutto affare, questo di Lief, con la casa piena di ospiti...

— Che cosa ha voluto dire poco fa Darrup? Forse che si parla di un nuovo soprintendente?

— Oh, chiacchiere. Io li faccio lavorare, e questo a loro garba poco.

Il vecchio Jed svoltò improvvisamente a destra, fra i cespugli.

— Ehi! — gridò Gunthar. — Come fate a saperlo, *voi*, dove siamo diretti?

— Scommetto che so dov'è caduto Lief — ridacchiò Jed. E scomparve dietro uno sperone di roccia.

— Gli manca una rotella — ripeté Gunthar.

— Grazie per l'informazione.

Mentre Vance parlava udimmo un richiamo del vecchio Jed.

— Eric! Lief è qui.

Lo raggiungemmo. Un corpo esanime e contorto giaceva ai piedi di un contrafforte roccioso.

Vance si chinò per esaminarlo da vicino.

— Non occorre più l'opera del medico — dichiarò rialzandosi. — Possiamo lasciar qui Darrup di guardia e tornarcene al castello per telefonare alla polizia di Winewood.

Gunthar con un cenno della mano lasciò il vecchio Jed in libertà.

— Davvero, Eric — ripeté il vecchio sogghignando mentre si allontanava — non dovreste più battere Ella.

— Non è possibile arrampicarci in cima a questo roccione, per tornare al castello? — chiese Vance.

Gunthar esitò.

— C'è uno stretto sentiero, dall'altra parte... Ma è molto ripido e piuttosto pericoloso.

— Bene. Prenderemo quello...

Quando fummo al termine della breve e faticosa ascensione, Gunthar indicò un punto approssimativo da cui Lief Wallen doveva essere precipitato.

C'erano delle querce nane presso l'estremo limite della sommità e Vance esaminò il terreno fra di esse, coperto da un lieve strato di ghiaccio. D'improvviso si chinò.

— Sangue, Gunthar — disse e indicò una macchia bruna a pochi centimetri da un basso tronco contorto.

Gunthar aspirò forte, aprendo la bocca.

— Signore Iddio! Quassù...!

— Sicuro — fece Vance. — Non si tratta dunque di un incidente. Peccato che il vento della scorsa notte abbia confuso le impronte. Vedremo... Ora torniamo a casa. C'è parecchio lavoro da fare.

Gunthar si fermò ad un tratto come colpito da un'idea.

— E il vecchio Jed sapeva il luogo preciso dove il cadavere si trovava!

— Mille grazie — rispose Vance, e affrettò il passo verso il castello.

5. L'influsso degli smeraldi

Giovedì. 16 gennaio, ore 9.30 a. m.

Carrington Rexon stava bevendo il caffè nel suo studio quando ritornammo.

— È affare che riguarda la polizia — gli disse Vance. E dopo aver brevemente esposto i fatti al padrone di casa si avviò al telefono e fece il suo rapporto alla polizia di Winewood.

Rexon suonò il campanello e Higgins comparve.

— Oh, bene! — esclamò Vance sedendosi. — Mille grazie. Per me una semplice tazza di caffè, Higgins.

Allungò le gambe davanti a sé come sempre faceva nei momenti di tensione, e accese una *Régie*.

Rexon era silenzioso, freddo, calmo e osservava Vance di sopra la tazzina del caffè.

— Mi spiace di avervi dovuto importunare — disse. — Speravo proprio che i miei timori fossero ingiustificati.

— Mah, caro amico, non si sa mai... Comunque, faremo del nostro meglio.

Il tenente O' Leary, della polizia di Winewood, un uomo alto, svelto, capace, molto superiore a quella ch'è la media dei funzionari di provincia, arrivò contemporaneamente al dottor Quayne.

— Sono spiacentissimo, dottore, di avervi disturbato senza necessità — disse Vance, e ancora una volta illustrò i fatti. — Quel poveraccio dev'esser morto da parecchie ore, secondo me. È affare che riguarda il tenente O'Leary, ormai.

— Il dottor Quayne è anche il medico fiscale di Winewood — fece O'Leary.

— Oh! — Vance buttò la sigaretta nel caminetto. — Questo semplifica molto le cose, allora. Possiamo tornar subito sul posto. Ho creduto bene lasciar là Darrup di guardia. Perdonate l'intrusione, tenente, ma ho agito nell'interesse del signor Rexon.

— E avete fatto benissimo, signore.

Dieci minuti dopo eravamo di nuovo ai piedi della rupe.

— Una terribile caduta — commentò il dottor Quayne dopo aver esaminato il cadavere. — È morto da otto ore almeno, in seguito a fratture varie del cranio. Povero Wallen! Era un brav'uomo, onesto e coscienzioso.

— Osservate quella depressione lineare e quella lacerazione sopra l'orecchio destro — suggerì Vance.

Quayne si chinò sul corpo e lo esaminò ancora per parecchi minuti.

— Capisco quel che volete dire — osservò poi alzando il capo e fissando Vance con aria d'intesa. — Ne saprò di più dopo l'autopsia. — Si rimise in piedi, accigliato. — Per ora non ho altro da fare qui, tenente. Ci vedremo poi. Scappo perché ho molte visite.

— Grazie, dottore — disse cortesemente O'Leary. — Mi occuperò subito delle pratiche ufficiali.

Con un inchino Quayne s'allontanò.

O'Leary si rivolse a Vance.

— Perché avete richiamato l'attenzione del dottor Quayne su quella particolare contusione, signor Vance?

— Venite con me, tenente — replicò Vance; e guidato O'Leary alla sommità del roccione gli mostrò la macchia scura presso il tronco della quercia nana.

O'Leary assentì lentamente, poi chiese a Vance:

— Qual è la vostra teoria, signor Vance?

— Oh, si tratta solo di una vaga idea, e potrei benissimo sbagliarmi. Quella depressione dietro l'orecchio del povero Wallen mi sembra prodotta più da un colpo inferto con un corpo contundente — un regolo di ferro, una grossa chiave inglese, per esempio — che dalla caduta. Il povero Wallen, secondo me, dev'esser stato colpito lontano da qui e poi trasportato sul roccione e lasciato cadere, per confonder le idee. Qualche traccia nella neve, nonostante il vento, è pur rimasta... Tracce poco chiare, però... È probabile che qui siano venute *tre* persone, durante la notte... Ho notato anche due lunghe impronte parallele, lasciate probabilmente dai talloni di Wallen, mentre lo trascinavano... Il corpo fu deposto qui cosicché chi lo trascinava potesse aggrapparsi al tronco della quercia nana per gettarlo giù dalla roccia. Sarà quindi intervenuta un'emorragia dal naso o dalle orecchie: e questo spiegherebbe le macchie di sangue.

— Brutto affare — commentò O'Leary corrugando la fronte e fissando la chiazza scura sulla neve.

Poi si rivolse nuovamente a Vance: — Voi ci aiuterete, signore? Ne sarei lusingatissimo. Inutile dire che vi conosco di fama.

— Grazie del complimento. Lo farò ben volentieri. Unicamente nell'interesse del signor Rexon, si capisce.

— Naturalmente. Vi sono molto grato. Corro subito a sbrigare le pratiche ufficiali.

O'Leary si allontanò di buon passo e noi tornammo verso il castello.

Il sole entrava a fiotti nella veranda che occupava tutto il lato est della casa. Ai piedi della terrazza esterna alla veranda era un piccolo laghetto artificiale da pattinaggio circondato, su tre lati, da snelli alberi e da aiole ornamentali. Immediatamente sotto, verso sud, sorgeva un elegante padiglioncino.

Nella veranda trovammo Joan Rexon adagiata su una poltrona a rotelle, simile in apparenza ad una sedia a sdraio; al suo fianco, in una poltroncina di vimini sedava Ella Gunthar. Vance si avvicinò alle due fanciulle con un sorriso.

Joan Rexon era fragile e un po' malinconica, ma non sembrava un'invalida. Soltanto le sottili vene azzurre nelle sue manine affusolate indicavano la lunga infermità che aveva minato le sue forze sin dall'infanzia.

— Che cosa terribile, signor Vance! — disse Ella Gunther con voce tremante, e Vance la fissò per un momento con aria interrogativa. — Mio padre ci ha raccontato or ora del povero Lief Wallen. Sapete voi pure... non è vero?

Vance annuì.

— Sì — rispose. — Ma non dobbiamo permettere che questo getti un'ombra anche su noi, qui.

Sorrise a Joan Rexon.

— È molto difficile impedirlo — disse la ragazza. — Lief era così buono e premuroso.

— Ragione di più per non pensare a queste cose — dichiarò Vance.

Ella Gunthar annuì, seria.

— Il sole... la neve... — disse. — Ci sono molte cose belle al mondo cui pensare. — Pose teneramente una mano su quella di Joan. Ma il pensiero della tragedia tornava prepotentemente. — Povero Lief — disse. — Dev'essere caduto stamattina mentre se ne tornava a casa.

Vance guardò la fanciulla con aria meditabonda.

— No, non questa mattina — replicò. — La cosa è accaduta nella notte... verso mezzanotte, anzi.

Ella Gunthar strinse nervosamente le mani e un'espressione atterrita le si diffuse in volto.

— Mezzanotte! — ansimò. — Che... cosa terribile!

— Perché dite così, signorina? — chiese Vance incuriosito dai modi della ragazza.

— Io... io... A mezzanotte... — La voce le si spense in un mormorio.

Vance si affrettò a deviare la conversazione, ma Ella Gunthar non riuscì a ritrovare la calma.

Finalmente il mio amico con un pretesto si allontanò dirigendosi verso l'interno della casa, ma non aveva ancor raggiunto la scala quando una manina si posò sopra il suo braccio. Ella Gunthar lo aveva seguito.

— Siete certo... che... la cosa sia avvenuta a mezzanotte? — fu la domanda che la fanciulla gli rivolse quasi implorando.

— Press'a poco — rispose Vance. — Ma perché siete così sconvolta, cara signorina?

Le labbra di Ella Gunthar tremavano.

— Ho visto il tenente O'Leary arrivare qui con voi e dirigersi verso lo studio del signor Rexon. Ditemi, signor Vance... perché è venuto? C'è qualcosa... di poco chiaro? Dovremo andare a Winewood... subire magari un interrogatorio?

Vance rise, rassicurandola: — Non fate lavorar troppo codesta testolina, via! Ci sarà un'inchiesta, certo, perché così vuole la legge... Formalità pura e semplice. Ma con ogni probabilità voi non sarete chiamata in causa.

Ella Gunthar lo guardò ad occhi sgranati.

— Un'inchiesta? — disse poi, piano. — Ma io voglio andarci, voglio sentire... tutto.

Vance la guardò perplesso.

— Bambina, mi sembra che stiate dicendo un mucchio di corbellerie... Su, su, andate a legger qualcosa a Joan e non pensate più a questa storia...

— Ma non capite? Io *devo* andare all'inchiesta... Forse... — Si volse di colpo e ritornò, correndo, sulla veranda.

— Domando e dico — mormorò Vance. — Che diavolo può avere in testa, quella piccina?

Giunti poi sul pianerottolo, mentre ci avviavamo verso le nostre camere, la governante uscì inattesa da un piccolo corridoio e ci si parò davanti.

— È morto, vero? — chiese con voce sepolcrale. — E forse non si tratta di disgrazia.

— Che ne sapete, voi? — ribatté Vance, evasivo.

— In questa casa le cose non procedono mai in modo normale — continuò la donna, sempre con quella sua espressione spiritata. — Gli smeraldi hanno portato come una maledizione, in questa casa...

— Si vede che avete letto molti romanzacci da quattro soldi — osservò Vance ironicamente.

Ma la governante parve non tener conto dell'interruzione.

— Quelle pietre verdi hanno creato un'atmosfera sinistra — insisté. — Attirano. Tentano. Irraggiano un fuoco maligno.

— Che cosa trovate dunque di anormale, qui? — interrogò Vance con un sorriso.

— Tutto. La cara Joan è invalida. Il vecchio Jed è un mistico fanatico. La signorina Naesmith ha condotto qui un mucchio di gente strana. Dovunque, intrighi e gelosie. Il signor Rexon vuol scegliere personalmente la sposa per il figliolo. — La donna sorrise enigmatica: — Non sa di costruire sulla sabbia. La cosa è già vecchia di qualche anno...

— Voi ascoltate molto, no? — fece Vance ironico.

— E *vedo* molto. La dinastia dei Rexon declina. Il giovane signor Richard sa fingere molto bene: ma la sera del suo ritorno dall'Europa una ragazza lo aspettava nel piccolo atrio dell'altra scala. Lui l'abbracciò senza dire una parola e la tenne stretta così, a lungo. — La donna ci si avvicinò, abbassando la voce: — Era forse Ella Gunthar?

— Oh, là, là! — fece Vance sorridendo con indifferenza. — Un amore giovanile! Ci vedete qualcosa in contrario?

La governante ci volse adirata le spalle e si allontanò.

6. Punzecchiature

Giovedì, 16 gennaio, ore 4.30 p. m.

Vance si allontanò dal castello un'ora dopo, proprio mentre la sirena di mezzogiorno ululava sopra le nostre teste e l'eco ne veniva lungamente ripercossa dalle circostanti colline. Carrington Rexon provava un piacere puerile nel mantenere quel segnale fuori moda ad uso e consumo degli ospiti e dei lavoranti della tenuta. Era il primo ad ammettere che la cosa era inutile, ma si divertiva e non voleva rinunciarvi.

Il precoce crepuscolo invernale già cominciava a cadere quando Vance ritornò.

— Sono stato a curiosare e a chiacchierare in giro per la tenuta — disse a Carrington Rexon, accomodandosi davanti al fuoco. — Bisogno d'azione. Spero non vi dispiaccia.

Rexon rise senza gaiezza.

— Spero una cosa sola: che non abbiate sciupato il vostro tempo.

— No, non l'ho sciupato, per esser sincero. Voi desiderate la verità, se non erro.

Rexon annuì, rigido.

— Vi dico allora che le cose non procedono molto bene, qui — proseguì Vance. — Meschinità e gelosia lavorano insieme. Nulla di aperto, di chiaro: tutte correnti nascoste, sotterranee, che possono però erompere ad ogni momento. Gunthar è molto severo con i suoi uomini, e questo non migliora certo la situazione... Ho sentito dire che voi avevate intenzione di sostituirlo, come soprintendente, e che avevate parlato di Wallen. È vero?

— Sì. Ma non avevo alcuna intenzione di procedere a tempi brevi.

— Lief Wallen desiderava sposare Ella, ma sia Gunthar che sua figlia non ne volevano sapere... Discussioni, scene, amarezze... Situazione poco simpatica, anche perché gli altri lavoranti sono divenuti ostili alla signorina Ella. Pensano che lei si consideri superiore a loro, nella sua qualità di dama di compagnia della signorina Joan. Solo il vecchio Jed la difende... Gli altri dicono che il vecchio ha una specie di mania per il colore verde e fanno capire che dev'essere stata la presenza degli smeraldi a dargli alla testa. Così, ognuno aggiunge esca al fuoco, in attesa dell'incendio.

Rexon rise fra sé.

— E forse — disse — voi pure, Vance, pensate che anch'io sia un po' tocco di cervello come tutti gli altri.

Vance fece un gesto di protesta, poi chiese:

— A proposito, l'unica chiave della Stanza degli Smeraldi è quella che avete voi, no?

— Si capisce. Chiave speciale, e serratura speciale... E porta d'acciaio anche.

— Siete stato nella Stanza degli Smeraldi, oggi?

— Certo. Tutto in ordine.

Vance mutò argomento:

— Parlatemi un poco della governante.
— Marcia Bruce? Fedeltà e onestà a tutta prova.
— Già, vi credo. Fedele ma isterica.
Rexon ridacchiò nuovamente.
— Vedo che avete osservato parecchie cose... Il fatto è che Marcia Bruce adora Joan e la cura con grande impegno, quando Ella Gunthar non c'è. Nonostante i suoi difetti, la Bruce è una cara creatura e anche Quayne la pensa come me. C'è molta amicizia fra quei due. La Bruce era caposala in un ospedale, una volta... E Quayne è un brav'uomo anche lui. Sono molto lieto di veder rafforzarsi ogni giorno il sentimento che lega quei due.
— Ah, ah! — sorrise Vance. — Vedo che padron Rexon è un sentimentale.
— Il cuore umano è portato a desiderare la felicità altrui quanto la propria, credo — rispose Rexon con molta serietà. — Ma che altro avete saputo, Vance? Nessuno sprazzo di luce sulla fine di Lief Wallen?
Vance crollò il capo.
— No, per ora. Ma la soluzione potrà esserci offerta da piccoli particolari, più tardi. Siamo solo agli inizi...
Poi si volse e entrò in salotto.
Bassett sedeva ancora al tavolino presso la porta della veranda, dove l'avevamo visto la prima volta. Si alzò e afferrò al volo per un braccio Ella Gunthar che passava in quel mentre, sorridendole poi in modo piuttosto antipatico. La fanciulla si scostò e Bassett la lasciò libera.
— Siamo alquanto altezzose eh? — sogghignò seguendola con uno sguardo sardonico mentre la ragazza ritornava presso Joan Rexon.
Vance gli si avvicinò.
— Niente sci, signor Bassett? Eppure tutta la compagnia è partita per i campi di neve.
— Ho dormito troppo, e se n'erano già andati tutti quando sono sceso... Bella biondina, eh? — Il suo sguardo tornò verso la veranda. — Straordinariamente carina, per essere una serva.

Vance socchiuse gli occhi fissando Bassett con uno sguardo freddo e duro come l'acciaio:

— Tutti siamo servi — disse. — Alcuni di noi lo sono dei propri simili, altri dei propri vizi. Pensateci.

E uscì sulla veranda.

Il tenente O'Leary vi stava salendo dal giardino proprio in quel momento.

— Il dottor Quayne sta ora eseguendo l'autopsia — annunciò. — L'inchiesta è fissata per domani a mezzogiorno. Credo sarà bene assistiate anche voi, signor Vance. Verrò a prendervi io stesso.

— Prevedete complicazioni burocratiche?

— No. Ho già pensato ad appianare ogni cosa. Il nostro coroner, John Brander, è un'ottima persona e ha molta simpatia per Rexon. Gli ho spiegato la situazione ottenendone la promessa che non porrà quesiti imbarazzanti.

— Possiamo attenderci un verdetto di morte accidentale, dunque?

— Lo spero. Brander capisce le cose e ci dà tempo.

— È un piacere lavorare con voi, tenente.

O'Leary entrò per conferire con Rexon, e Vance s'avvicinò a Joan e a Ella Gunthar.

Un rumoroso gruppo di ospiti, di ritorno dalla spedizione sciistica, entrò, ci passò davanti salutandoci giocondamente e proseguì verso la scala.

Solo Carlotta Naesmith e Stanley Sydes rimasero sulla veranda e ci raggiunsero.

Ella Gunthar si stava guardando intorno, ansiosamente.

— Oh, è inutile che cerchiate Ella — le disse Carlotta con ironia. — Richard non c'è. Si è preso una cotta per Sally Alexander e la segue dappertutto.

— Non ci credo!

La bocca di Carlotta Naesmith si schiuse in un sorriso crudele:

— Ne soffrite molto, Ella?

— Carlotta! Siete una vipera! — Non v'era ombra di celia nel rimprovero che Stanley Sydes rivolse alla compagna.

— Come vi sentite oggi, Joan? — Il tono della signorina Naesmith era completamente mutato, ora. — E voi, signor Vance, perché non siete venuto a sciare? C'era una neve meravigliosa, morbida e resistente al tempo stesso.

— Oh, in fatto di neve mi accontento di quella che ormai è caduta sulle mie tempie...

— E che vi sta molto bene, diciamolo pure... — Carlotta si volse e toccò con un dito la tempia di Sydes: — Chissà se Stan sarà bello quando avrà i capelli grigi?

— Vi prometto che sarò affascinante, o Divina — la rassicurò Sydes. Poi soggiunse: — Dunque volete o non volete...

— Patisco troppo il mal di mare — lo interruppe la ragazza. — Preferisco cercare il mio tesoro più vicino a casa.

— È quello che finirò col fare anch'io, se continuate a disprezzare le mie profferte... — Il tono di Sydes era inquieto e aggressivo.

— Sapete che cosa vuole da me questo pazzo? — spiegò Charlotte Naesmith con impertinenza. — Insiste che io lo accompagni all'Isola Cocos per ricercare il tesoro seppellito dall'equipaggio di una nave corsara!

— Oh, che cosa meravigliosa! — C'era un nota di commovente desiderio nella voce di Joan Rexon.

— Cara, cara piccola! — fece Carlotta con tenerezza. Poi si allontanò seguita da Sydes.

Poco dopo uscì Marcia Bruce.

— Potete andarvene a casa, Ella — disse. — Prenderò io il vostro posto presso la nostra cara.

Vance si alzò.

— E io accompagnerò a casa la signorina Ella.

Compresi che Vance sentiva una profonda pietà per quella povera ragazza, così estranea alla vita ricca e viziosa che le si svolgeva intorno; e compresi anche perché desiderava accompagnarla alla casetta paterna: si sarebbe studiato di consolarla, di divertirla, di alleviare in qualche modo il bruciore inflittole dall'aculeo di Carlotta Naesmith.

7. L'inchiesta

Venerdì, 17 gennaio, ore 12

L'inchiesta del coroner venne ad accrescere la tensione.

Ella Gunthar non appena giunta al castello aveva parlato con Vance. Già conosceva l'ora e il luogo dell'inchiesta ed era decisissima ad assistervi.

Vance cercò ancora una volta di dissuaderla, ma finalmente, rendendosi conto che qualche motivo assai più forte della curiosità spingeva la fanciulla, cedette, ed anzi stabilì che Ella sarebbe venuta con noi, nella macchina di O'Leary.

Era da poco echeggiata la sirena di mezzogiorno quando giungemmo nella piccola aula del municipio di Winewood, già gremita di abitanti della città, e di dipendenti del castello. Nessuno degli ospiti di Rexon, invece, figurava tra i presenti.

In fondo all'aula era disposta una lunga tavola per il giurì presieduto da un uomo atticciato, rubizzo, dagli occhi brillanti.

— Quello è John Brander, il coroner — sussurrò O'Leary. — un uomo ragionevole. Avvocato, esperto in questioni amministrative.

La giuria era composta da uomini d'aspetto semplice e onesto, proprio i tipi che ci si poteva aspettar di trovare in una cittadina rurale.

Un agente di polizia stava in piedi, con aria d'importanza, dietro il banco dei testimoni.

Il primo ad essere chiamato fu Eric Gunthar.

Raccontò brevemente come avesse trovato il corpo di Lief Wallen mentre si recava al lavoro, e come fosse poi tornato sul posto in compagnia del vecchio Jed, di Darrup e di Philo Vance.

Rispondendo a una serie di domande poste in logica successione descrisse l'ascensione al picco roccioso compiuta con Vance, ma quando cominciò a dilungarsi troppo parlando della macchia di sangue il coroner pose termine con una certa fretta all'interrogatorio.

Toccò poi a Darrup, che aveva un'aria piuttosto impacciata e aggiunse ben poco alla deposizione di Gunthar.

Col vecchio Jed, pittoresca figura al banco dei testimoni, Brander perdette poco tempo; e chiamò quindi Philo Vance.

Nonostante la cautela delle domande e delle risposte la macchia di sangue presso la quercia nana dovette necessariamente esser discussa, ma Brander sembrò non annettervi particolare importanza e riuscì a creare la vaga impressione, nell'uditorio, che potesse trattarsi anche di sangue non umano. Non mancavano i cacciatori di frodo e le trappole per i conigli.

— C'erano impronte di passi sul luogo?

— No, nessuna impronta — rispose Vance. — Ma vaghe tracce... depressioni nella neve.

— Nulla di definito?

— No.

E anche Vance fu congedato.

Il giurì ascoltò poi con atteggiamento di grande rispetto la deposizione del dottor Quayne, dignitoso e affabile al tempo stesso.

La testimonianza del medico fu tecnica e sbrigativa. Egli parlò delle condizioni della salma, dell'ora presunta del decesso, dei risultati dell'autopsia. Indugiò soprattutto sulla particolare ferita dietro l'orecchio destro di Wallen.

— Che cosa aveva di particolare codesta ferita? — chiese il coroner.

— Era molto netta e profonda, e andava dall'orecchio in direzione della tempia per circa quattro-cinque centimetri... non era insomma il tipo di ferita che ci si potrebbe attendere dall'urto di un cranio contro una superficie piatta.

— C'era neve sul punto dove Wallen cadde?

— Sì, qualche centimetro, direi.

— Avete esaminato il terreno, in cerca di un'eventuale sporgenza?

— No. Se ci fosse stata, ci sarebbe apparsa senz'altro.

— Ma non v'erano punte di roccia prominenti lungo il fianco del contrafforte?

— Sì... qualcuna.

— Non è dunque possibile che Lief vi abbia urtato durante la caduta?

Il dottor Quayne strinse le labbra con aria molto dubbiosa.

— Comunque — insistette Brander — non potreste affermare con sicurezza, vero?, che qualche particolare ferita fosse assolutamente incompatibile con la caduta.

— No, con sicurezza non posso affermarlo. Posso affermare soltanto che date le circostanze la ferita m'è apparsa molto strana e, per così dire, inaspettata.

— Pure, e scusate se insisto, dottore — fece Brander chinandosi un po' in avanti — una ferita di quel tipo sarebbe stata *possibile* in una caduta accidentale da quella roccia?

— Sì — rispose con una certa riluttanza il dottor Quayne. — Per possibile, sarebbe stata possibile.

— Non ho altro da chiedervi, dottore. Vi ringrazio per il vostro aiuto e per la chiarezza della vostra deposizione.

O'Leary testimoniò brevemente per confermare, più che altro, le deposizioni precedenti.

Mentre egli lasciava il banco dei testimoni ci fu una drammatica, inattesa interruzione.

Guy Darrup balzò improvvisamente in piedi.

— Questo non è giusto — gridò indignato — per la memoria del povero Wallen! Voi, signor Brander, non avete fatto proprio le domande che ci vogliono per sapere la verità. Io potrei dirvi...

Brander batté col martello sul banco.

— Se avevate qualcosa da testimoniare — disse con severità — dovevate pensarci quando eravate al banco dei testimoni.

— Non mi avete fatto le domande giuste, signor Brander. No, non me le avete fatte. Io so molte cose sul povero Lief.

— E allora giurate di nuovo, e risalite al banco — decise Brander.

— Poco confortante per noi, eh? — sussurrò Vance a O'Leary.

— Brander non poteva fare altrimenti — rispose O'Leary. Ma aveva l'aria preoccupata.

Darrup giurò per la seconda volta.

— E ora deponete ciò che avete tenuto nascosto la prima volta — disse secco Brander.

Ma Darrup non si lasciò smontare dal tono mordente.

— Forse voi non sapete, signor Brander, come vanno veramente le cose al castello — attaccò subito, con una specie di ardore, Darrup. — Il signor Gunthar è un tipo molto ruvido... e beve troppo, a gusto del padrone. Già era stato avvertito, ed era proprio Lief Wallen che avrebbe tra non molto preso il suo posto, come lui ha preso quello del vecchio Jed... E poi c'è altro. Lief voleva sposare la bella figliola di Gunthar, quella là, che fa da dama di compagnia alla signorina Joan... — Ella Gunthar si ritrasse nella propria seggiola mentre Darrup la indicava. — Lief sarebbe stato un bravissimo marito, degno di lei, ma il signor Gunthar non voleva. Aveva le sue idee... — Darrup sorrise con aria saputa. — E neppure alla ragazza, garbava. Crede di esser qualcosa più di noi... Ma Lief non era tipo da lasciarsi metter da parte troppo facilmente... E poi c'è altro... Avvengono tante cose poco chiare al castello. Che cosa ci va a fare la figlia di Gunthar alla Valverde di notte? Mi piacerebbe saperlo. L'ho vista scivolare nella capanna di Jed. Stanno complottando, tutti quanti, tutti mentono, tutti si odiano. E il vecchio Jed è poco strano? Non fa che guardare su, agli alberi, e lasciarsi scorrere acqua fra le dita come un bambino. Ed ecco, proprio quando Lief sta per prendere il posto di Gunthar, ecco che precipita giù da una roccia, proprio lui che conosceva il terreno meglio di ogni altro. E poi, che cosa faceva, lassù, mentre avrebbe dovuto esser di guardia al Castello? E...

Brander a questo punto perdette la pazienza e batté il martello.

— Sentite, amico — ammonì. — Siete venuto qui a sfogare i vostri rancori, forse? Questa non è una deposizione; questi son pettegolezzi da donnicciola.

— Non è una deposizione? — gridò Darrup. — E allora

chiedete alla figlia del signor Gunthar perché correva giù da *quella roccia* a mezzanotte... e proprio nella notte dell'incidente capitato al povero Lief!

— Che cosa dite mai?

— Quello che ho detto, signor Brander. Io ero rimasto a lavorare sino a tardi nel chiosco e la vidi correre, venendo dalla roccia, e girare a destra, dopo il chiosco. E piangeva anche.

Guardai Ella Gunthar. Era pallidissima e le labbra le tremavano. Nell'aula si udì un mormorio di sorpresa e di commozione.

Brander esitò un momento, imbarazzato, sfogliò alcune carte che aveva dinanzi, poi guardò con aria adirata Darrup.

— La vostra deposizione è confusa ed estranea ai fatti — disse. E soggiunse poi, con intonazione di lieve sarcasmo: — A meno che non vogliate accusare una fanciulla di aver spinto giù dalla roccia un omone qual era Wallen. È questo che volete insinuare?

— Oh, no, signor Brander. — Darrup aveva ormai esaurito tutta la sua scorta di eccitazione. — Certo, che lei non avrebbe mai potuto fare una cosa simile... Io volevo dire solo che...

Di nuovo il martello del coroner discese.

— Basta così! Scopo della presente inchiesta non è quello di ledere la reputazione di una ragazza, ma semplicemente di stabilire in qual modo Lief Wallen abbia trovato la morte e, qualora ciò sia avvenuto delittuosamente, per mano di chi. Le vostre chiacchiere non sono risultate di alcuna utilità per la presente indagine. Andate pure, Darrup.

Darrup obbedì e Brander subito si rivolse a O'Leary:

— Ci sono altri testimoni, tenente?

— Nossignore.

— Benissimo, allora.

Il coroner riassunse in un breve discorso i risultati dell'inchiesta alla giuria, che si ritirò per deliberare.

Meno di mezz'ora dopo veniva annunciato il verdetto:

“Giudichiamo che Leif Wallen ha trovato la morte in seguito a caduta accidentale e in circostanze sospette”.

Brander stesso rimase stupito. Aprì la bocca come a dir qualcosa, ma poi tacque.

L’inchiesta era finita.

— Che razza di verdetto! — osservò O’Leary a Vance, sulla strada del ritorno. — Senza senso, ecco. Ma Brander ha proprio fatto tutto quel che ha potuto per non intralciarci il cammino.

— Sì, sì... La cosa non è strettamente legale, forse... Comunque, avrebbe potuto andar peggio.

Ella Gunthar sedeva in un angolo della macchina accanto a me. Si premeva un fazzoletto sulle labbra e teneva gli occhi fissi — certo senza vederlo — sul quieto paesaggio invernale.

Vance la prese gentilmente per il braccio, quando fummo arrivati.

— Sentite, cara, Darrup ha detto la verità?

— Non so che cosa intendiate...

— Siete discesa correndo da quella rupe, la notte che...

— Io... no! No certo. — Ella alzò il mento con espressione di sfida. — Ero a casa mia, a mezzanotte... Non ho sentito nulla.

— Perché raccontate delle fandonie? — le chiese Vance con fermezza. Ella strinse le labbra senza rispondere, e allora Vance proseguì, dolcemente:

— Forse lo so. Siete un coraggioso soldatino, ecco... Ma è una sciocchezza. Nessuno vi farà del male, credetemi. Fidatevi di me.

Gli occhi di Ella si fissarono per un attimo in quelli di Philo Vance, e un lieve sorriso comparve sulle sue labbra. Poi la ragazza mise con atto fiducioso la sua mano in quella del mio amico.

— Ora — disse Vance — correte da Joan... e lasciate via libera al vostro sorriso.

8. Piani segreti

Venerdì, 17 gennaio, sera

Quella sera, poco dopo pranzo, Vance e io eravamo sulla veranda e contemplavamo le orme che si addensavano sul piccolo campo di pattinaggio. Dal salotto giungevano fievoli echi di musiche e di risate. Vance era serio, assorto e fumava in silenzio una *Régie*.

Ad un certo momento, udimmo rumor di passi alle nostre spalle, e ci volgemmo. Era Carlotta Naesmith.

— State meditando sulle peccata vostre, Ser Cavaliere? — chiese a Vance, avvicinandoglisi. — È una cosa assolutamente inutile. Mi ci son provata anch'io... Sentite, son venuta a rivolgervi una domanda importantissima, e cioè: voi pattinate, di grazia?

— Alla mia età? — fece Vance con un gesto di simulata ripulsa. — Comunque, la vostra domanda è sempre lusinghiera, ed io ve ne sono debitamente riconoscente.

— Speravo che pattinaste. Avremmo tanto bisogno di un Maestro di Cerimonie! — E lo incoronò scherzosamente. — E vi eleggo senz'altro a tale dignità.

— Molto interessante. Si aspettano però ulteriori chiarimenti.

— Ecco di che si tratta. Tutti gli ospiti dello zoo, tranne i decrepiti, vogliono predisporre una festa in onore di Richard, per domani sera. Una specie di festa d'addio. Il teatro sarà il campo di pattinaggio qui fuori. Io, come facente funzione di padrona di casa, debbo organizzare ogni cosa e con quell'originalità di trovate che tutti si aspettano dalla mia brillante intelligenza. Ed ecco come sono saltati fuori i pattini... È la migliore idea che sia riuscita a spremermi dal cervello.

— Mi sembra carina — fece Vance. — E la mia parte sarebbe?

— Oh, un po' quella di compare, di presentatore... Annuncerete i vari "numeri" in cui gli animali dello zoo si presenteranno come pattinatori.

— Debbo provvedere anche ai medicamenti?

— Voi ci fate torto, signore! — protestò con finta indignazione Carlotta Naesmith. — Siamo tutti pattinatori d'eccezione. E il bar sarà temporaneamente chiuso.

— Questa è pure un'ottima idea — sorrise Vance.

— Vogliamo fare le cose molto sul serio, sapete? Abbiamo persino l'intenzione d'andarci ad allenare domani sull'altro campo. E percorreremo tutta Winewood in cerca di costumi. Orribile, vero?

— Tutt'altro! Sarà una cosa molto carina... — protestò Vance. Poi, fissando l'interlocutrice: — Ditemi, signorina Naesmith, perché ieri avete cercato di offendere Ella Gunthar?

I modi della Naesmith mutarono di colpo. Socchiuse gli occhi e scrollò le spalle.

— Non ho bisogno di inforcare gli occhiali — disse — per vedere che Ella e Richard si piacciono molto. Era così anche all'epoca della loro infanzia.

— E Sally Alexander?

Carlotta rise, un po' seccamente:

— Richard non le ha neppure rivolto la parola ieri... Ma lasciate che Ella si roda un pochino.

— Non ho bisogno di inforcare gli occhiali — fece Vance fissando la ragazza — per vedere che a voi, di Richard, non importa proprio nulla.

Carlotta Naesmith rimase per un istante pensierosa.

— Richard è un caro ragazzo... L'*idea* è di papà Rexon, sapete... E chi sono io, per concedermi di buttare all'aria i suoi sogni più cari?

— A che scopo, allora, esser pungenti? — Vance offrì una *Régie* a Carlotta e ne accese una anche per sé.

— Oh, è una cosa che si usa anche nelle migliori famiglie — rispose la signorina Naesmith allegramente. — Comunque, non spetta mai all'uomo svignarsela. Questa è una *nostra* prerogativa.

— Vedo, vedo... Una questione di etichetta pura e semplice. Bene, bene!

La ragazza buttò un bacio a Vance sulla punta delle dita, e ritornò nel salotto rumoroso.

— È proprio quel che pensavo — mormorò Vance fra sé. — Nessuno dei due lo desidera... Ma Richard lo fa capire un po' troppo, e lei ne è piccata... *Ergo*, si sfoga in piccole crudeltà. Logica femminile ben nota... In fondo però, è una buona pasta di ragazza. Tutto s'accomoderà. Povero padre! Sì, la dinastia dei Rexon declina, ha ragione la governante. — Guardò giù lo scuro campo di pattinaggio, aspirando forte la sigaretta. — Andiamo, ho avuto un'idea...

Si volse di colpo, mormorando qualcosa fra sé e sé e si diresse al salottino privato di Joan Rexon che s'apriva nell'atrio.

La fanciulla era coricata sopra un divano, accanto alla finestra, e Marcia Bruce le stava leggendo un libro.

— Perché non siete andata a raggiungere gli altri in salotto, signorina? — le chiese Vance affabilmente.

— Desideravo riposare, stasera — rispose la fanciulla. — Carlotta mi ha detto che si prepara una gran festa in onore di Richard, per domani, e desidero star molto bene, per non perder nulla della riunione.

Vance sedette.

— Vi stancherei se mi fermassi a parlare con voi qualche minuto?

— Tutt'altro.

Vance si rivolse alla signorina Bruce:

— Vi spiace lasciarmi un momento solo con la signorina Joan?

La governante si alzò, con un atteggiamento di dignità offesa, e si avviò verso la porta.

— Altri misteri! — mormorò, con un lampo negli occhi verdi.

— Ma sicuro! — esclamò ridendo Vance. — Un oscuro complotto, ecco di che si tratta. Vi avverto però che in soli dieci minuti avrò terminato le mie diaboliche macchinazioni. Volete tornare fra dieci minuti, dunque? Siete un angelo.

Marcia Bruce uscì senza far motto.

— Desideravo parlarvi un poco di Ella — cominciò Vance avvicinando la seggiola al piccolo divano dell'inferma.

— È tanto cara, Ella — disse dolcemente la fanciulla.

— Questa è anche la mia impressione, appunto... Ora mi son chiesto come mai non l'abbia mai veduta pattinare, dacché sono qui. Non le piace?

Joan Rexon sorrise tristemente.

— Oh, le piaceva immensamente, una volta... Ma credo abbia perduto ogni passione per quello sport da quando... da quando sono caduta.

— Sì? Ma io so che a voi piace veder gli altri pattinare e divertirsi.

— Sì, sì... Non dimentico mai quanto mi divertissi anch'io. Ecco perché il babbo ha continuato a tenere i due campi, e il padiglione... Così io posso starmene seduta in veranda, a osservare gli altri. Spesso anzi il babbo fa venir qui pattinatori famosi che mi divertono con le loro esibizioni.

— Farebbe ogni cosa, pur di vedervi felice, vero?

— Oh, sì. E anche Ella... Sapete, signor Vance, in fondo sono ancora una ragazza fortunata... Trascorro dei momenti bellissimi nel guardar gli altri fare ciò che io amavo fare....

— Appunto per questo avrei pensato che Ella... come dire?... dovesse pattinare per voi, ecco.

Joan Rexon volse lentamente il capo verso la finestra.

— La colpa è mia — mormorò poi. — Ci ho sempre pensato.

— Oh! Come mai? Raccontate.

— Quand'ero ancora una bambina... subito dopo la mia disgrazia, Ella un giorno si mise a pattinare sul campo davanti alla veranda... Pattinava magnificamente... Io la guardavo e... fui molto egoista, ecco. Il vederla pattinare così, mi faceva molto male... non so. Ero ancora tanto bambina.

— Via, capisco perfettamente, cara.

— Quando Ella tornò in veranda mi sorprese a piangere... Poi ci vedemmo più raramente, per parecchio tempo, perché lei era a scuola, capite... E non parlammo mai più di pattinaggio.

Vance le prese con dolcezza una manina.

— Non dovete sentirvi in colpa. Forse Ella aveva troppe altre cose da fare per pensare più al pattinaggio, forse anche quello sport la interessava meno, non potendovi avere come compagna... Ma, ora, non vi farebbe più male vederla pattinare, vero?

— Oh no! — Joan sorrise tristemente. — Vorrei che pattinasse ancora. Sono stata terribilmente sciocca, quella volta.

— Tutti siamo terribilmente sciocchi, quando siamo molto giovani — replicò ridendo Vance.

La fanciulla annuì con molta serietà.

— Ora non sono più sciocca... per quelle cose. Quando vedo qualche campionessa di pattinaggio vorrei si trattasse di Ella. Avrebbe potuto diventare senza dubbio una fuoriclasse.

— Condivido e comprendo il vostro sentimento — concluse Vance alzandosi; e proprio in quel momento la porta si aprì e entrò Marcia Bruce.

— La congiura è terminata — le disse Vance. — E sono certo di non aver stancato la signorina. È prontissima ad ascoltare la fine della storia che le stavate leggendo.

Quando uscimmo nell'atrio, vedemmo due figure intente a conversar fitto fitto, vicinissime, in un angolo semibuio. Erano Carlotta Naesmith e Stanley Sydes.

Vance diede loro una rapida occhiata, e si diresse verso il salotto.

9. Grave incidente

Sabato, 18 gennaio, mattina

La mattina seguente Vance si alzò di buon'ora, trangugiò una tazza di caffè e uscì, solo, scomparendo oltre il padiglione, verso la casetta di Eric Gunthar.

Poco dopo la sua partenza gli altri ospiti affollarono la saletta dove veniva servita la prima colazione, e quindi si raccolsero tutti davanti alla spaziosa autorimessa. Ad una ad una le macchine comparvero, e l'allegra sfilata si arrampicò strombettando su per il sentiero, in direzione della strada maestra e di Winewood.

Mezz'ora dopo la governante comparve pilotando teneramente Joan Rexon verso la sua speciale sedia a sdraio disposta di fronte alle finestre che guardavano sul campo di pattinaggio.

La fanciulla vi si era appena accomodata quando Vance ed Ella Gunthar comparvero al gomito del viale, presso il padiglione, e si diressero verso casa.

— Come vedete, signorina Joan — disse Vance entrando — non solo scorto verso casa sua, alla sera, la vostra simpatica compagna, ma ve la riporto alla mattina.

Ella Gunthar sorrise. Sembrava particolarmente felice, aveva una luce nuova, nello sguardo.

Marcia Bruce, intuendo qualcosa di insolito, passava con lo sguardo più volte da Ella a Vance, da Vance a Ella. Poi si alzò, batté affettuosamente con la mano sulla spalla di Joan e scomparve verso l'interno della casa.

Vance si fermò un poco a chiacchierare del più e del meno, poi si alzò e andò a rifugiarsi nella sua camera, dove si lasciò cadere in poltrona.

Appariva preoccupato e fumò per parecchio tempo in silenzio.

Le sue meditazioni, quali che fossero, vennero interrotte da qualcuno che bussava alla porta.

Era il tenente O'Leary. Il suo bel volto maschio aveva un'espressione decisa.

— Desidero parlarvi un momento in privato, signor Vance. Il maggiordomo mi ha detto che vi trovavate qui, e allora mi son permesso...

— Avete fatto benissimo — Vance si sprofondò ancor più nella poltrona e accese un'altra *Régie*.— Spero non ci arrecherete notizie desolanti.

O'Leary armeggiò un poco con la sua pipa, prima di rispondere. Quando ne ebbe tratto le prime boccate, si decise ad alzare il capo.

— Mi sto chiedendo, signor Vance, se per caso non abbiate avuto anche voi la mia stessa idea.

— Può darsi. — Vance alzò le sopracciglia, con aria interrogativa. — E qual è, la vostra idea?

— Credo di sapere chi abbia ucciso Wallen.

Vance appoggiò il capo sulla spalliera della poltrona e osservò, con gli occhi socchiusi, il volto energico di O'Leary.

— Straordinario! — mormorò. Poi crollò il capo. — No, in me non albergano simili pensieri. La mia mente è vuota, quanto a questo. Comunque, grazie per la vostra fiducia. Non potreste spiegarvi un po' meglio?

O'Leary, dapprima esitante, sembrava adesso desideroso di parlare.

— Ecco, signor Vance, io sono convinto che ieri, all'inchiesta, Darrup non abbia detto delle menzogne.

— No. Niente menzogne. È solo un tipo impulsivo e ingenuo, quel Darrup. Spirito semplice e onesto, dominato dal sentimento. L'indignazione, a lungo repressa, ha dovuto trovare una via d'uscita.

— Allora voi prestate fede alle sue parole?

— Certo. Non si può farne a meno. Del resto, ero andato a raccogliere impressioni qua intorno, prima dell'inchiesta, e sapevo già buona parte delle cose raccontate da Darrup. Ma dov'è il criminale? Mi occorrono altri lumi. Li avete, voi?

— Ecco come avrei ricostruito le cose. Gunthar beve troppo e sta per essere esonerato dal suo incarico. Wallen è il successore designato. Questo costituirebbe già un buon movente per un tipo iracondo e chiuso, qual è appunto Eric Gunthar. Non è un uomo che possa ricorrere a sistemi sottili o astrusi, quello, no, è una natura portata a scegliere, quando si trova ad affrontare un problema vitale, la strada più breve, e diretta. Ora, aggiungete a questo le circostanze delle pretese di Lief Wallen sulla figlia di Gunthar... Non vi sembra che avremmo così un insieme abbastanza significativo?

— Questo è sicuro — assentì Vance. — E c'è inoltre l'occasione. Ma continuate.

— Proprio, signor Vance: una magnifica opportunità. Gunthar conosce i luoghi a perfezione, conosce le abitudini di Wallen e le sue debolezze. Nulla di più facile, per lui, che attirare Wallen su quella rupe con un pretesto qualsiasi, colpirlo al capo, e precipitarlo giù... La signorina Gunthar, sospettando probabilmente le intenzioni paterne, lo segue senza farsi scorgere e fugge poi inorridita e piangente per quello che ha visto.

— E che cosa poteva sperare di guadagnare Gunthar, agendo così? — obiettò Vance con indifferenza. — Il posto lo avrebbe egualmente perduto.

— Oh, lo so che non sarà difficile trovare qualcuno che valga Lief Wallen. Rexon ne può trovare una dozzina, di soprintendenti, in pochi giorni. Ma, secondo me, Gunthar aveva intenzione di rinunciare al vizio di bere... un vizio recente, a quanto ho saputo... sì da guadagnarsi di nuovo il favore di Rexon.

— Ma Gunthar ha bevuto molto anche ieri, ho potuto constatarlo io stesso, sia prima che dopo l'inchiesta.

— Questo verrebbe a rafforzar la mia teoria — dichiarò O'Leary. — Gunthar aveva bisogno di tenersi su, dopo un'impresa simile.

— Anche questo è vero — concesse Vance. — C'è altro, tenente?

— Gunthar ha minacciato Wallen due volte.

— Chiacchiere?

— Certo. Ma credo rispondano a verità. C'è un teste degno di fiducia che è pronto a giurare, in proposito.

— Una buona ricostruzione, tenente — fece Vance — ma non priva di punti deboli.

— Non vi ho ancora detto tutto, signor Vance — insistette O'Leary un po' piccato. Si chinò in avanti e abbassò la voce: — Gunthar non può fornire un alibi soddisfacente per il momento del delitto. Quella sera, si recò all'osteria di Murphy, a Winewood, alle dieci. Era nervoso e bevve più del solito. Ne uscì alle undici e mezzo. Ora, occorre una mezz'ora circa per giungere da Winewood a qui. Un'ora dopo, Sokol, il droghiere, che era andato ad una riunione di amici, stava tornando in macchina e vide Eric Gunthar che traversava il prato, dalle parti della roccia. Al momento la cosa non lo stupì, ma dopo l'inchiesta pensò che l'informazione potesse avere qualche importanza, e venne a raccontarmi il fatto. Gunthar, a dire il vero, stava camminando in direzione della sua casetta, ma non era certo quella la via più corta, per uno che proveniva da Winewood, mentre era proprio la via che avrebbe dovuto prendere se fosse andato alla rupe... Questa circostanza non è forse tale da rafforzare i sospetti contro Gunthar? — concluse O'Leary con aria ostinata.

— Oh, questo è certo — assentì Vance. — Ma si tratta pur sempre di indizi circostanziali, non è vero, tenente?

— Non lo nego... Ma c'è, comunque, di che giustificare l'arresto dell'indiziato.

— Se fossi in voi — fece Vance, tutto dolcezza — non lo arresterei ancora. Avete lavorato molto bene, sin qui, e sarebbe un peccato sciupare tutto quanto per troppa precipitazione. Aspettate di raccogliere qualche prova più decisiva.

— Oh, io non ho per nulla l'intenzione di agire immediatamente. Qualche altro indizio non farebbe male.

— Benone. Io, da parte mia, terrò presente la vostra ricostruzione. Chissà che non possa fornirvi gli indizi mancanti?

O'Leary ripose la pipa e si alzò.

— Sto seguendo senza dar nell'occhio parecchie tracce — disse. — Ma ho creduto bene dirvi subito dove esse mi conducono. Speravo che voi pure vedeste le cose dal mio punto di vista.

— È quello che faccio — lo assicurò Vance. — Avete agito con molto acume. E vi ringrazio della vostra fiducia.

Quando O'Leary se ne fu andato, Vance buttò il mozzicone della sigaretta e si avvicinò alla finestra.

— Ahimè — disse — anche O'Leary si lascia troppo suggestionare dalle apparenze... È il difetto più comune che esista, questo... Però è un bravo ragazzo, pratico, attivo, bene intenzionato. Mi piace poco, la sua teoria... spero con tutto il cuore che sia sbagliata.

Un'ora dopo, la compagnia ch'era partita per Winewood rientrò.

Vedemmo nell'atrio alcuni degli ospiti, e dal salotto ci giunse un frastuono indicante la presenza degli altri.

Il dottor Quayne era seduto in veranda, vicino a Joan e a Ella. Si alzò, quando ci vide, e sorrise.

— Siete arrivato giusto in tempo, signor Vance — disse con la sua bella voce — per intrattenere queste signorine. Io devo scappare da alcuni miei clienti ai quali l'opera del medico è assai più necessaria di quanto non lo sia a Joan. Ero venuto ad assicurarmi che fosse in forma per la festa di questa sera, e l'ho trovata in ottime condizioni.

— Però vi siete fermato egualmente un'oretta, dottore — disse Joan Rexon.

— Per il solo piacere di discorrere con voi. — Quayne si rivolse ancora a Vance: — Se tutte le mie pazienti fossero simpatiche come queste due signorine, non riuscirei mai ad ultimare il mio giro di visite. La tentazione di indugiare sarebbe troppo forte.

— Signor Vance — chiese Joan Rexon, che appariva di ottimo umore — credete che anche l'adulazione sia una terapia?

— Trattandosi di voi, non vi può essere adulazione — ribatté Vance galantemente. — Sono certo che il dottor Quayne parla proprio sul serio.

Parecchi ospiti uscirono, si avvicinarono a Joan, fecero un po' di giocondo chiasso intorno alla sua poltrona, poi tornarono in salotto. In quel momento suonò la sirena di mezzogiorno.

Anche Bassett, notai, uscì in quel mentre, ma rimase all'altro capo della veranda limitandosi a salutare con un cenno. Poi sedette a un tavolino e si immerse in un solitario.

Il dottor Quayne consultò l'orologio.

— Buon Dio! Ma... ma era proprio la sirena di mezzogiorno! — Si inchinò cordialmente a Joan e a Ella: — Siete due corruttrici!

Si diresse rapido verso il salotto, e pochi minuti dopo lo vedemmo partire in macchina.

Per un'altra mezz'ora ci fermammo in veranda a goderci il sole, e Vance divertì le due ragazze col racconto del suo viaggio in Giappone. Ma ad un certo punto, dopo aver guardato verso le grandi porte finestre che avevamo alle spalle, si scusò, d'improvviso, e si allontanò, facendomi cenno di seguirlo.

Presso una delle porte, Higgins, il maggiordomo, stava in piedi, pallido come un cencio e coi vecchi occhi acquosi che pareva dovessero schizzargli dalle orbite.

Paura e orrore trapelavano da tutto l'atteggiamento della sua persona.

— Grazie al cielo ci siete voi, signor Vance — mormorò con voce tremula e appena percettibile. — Non sono riuscito a trovare il signor Richard... Venite subito, signore... Una cosa terribile...

Ci guidò in fretta, attraverso l'atrio, nello studio di Carrington Rexon.

Là, al suolo, davanti alla grata del camino, giaceva il vecchio padrone del castello.

10. La chiave mancante

Sabato, 18 gennaio, ore 12.30 p. m.

Vance si inginocchiò immediatamente ed esaminò il coagulo di sangue che s'era formato dietro l'orecchio destro di Carrington Rexon.

Ascoltò quindi il respiro greve del ferito, gli tastò il polso e girò verso la luce il volto pallidissimo. Alzò la palpebra di un'occhio: la pupilla era contratta; toccò la cornea con la punta di un dito: subito la palpebra s'abbassò.

— Nulla di grave — annunciò allora. — Si sta già riprendendo dallo svenimento... Higgins, chiamate subito il medico.

Così dicendo allentò il colletto del vecchio Rexon.

— Ho telefonato al dottor Quayne prima di venirvi a chiamare, signor Vance. Per fortuna era in casa. Ha detto che sarebbe venuto immediatamente.

— Benissimo, Higgins. Ora telefonate anche al tenente O'Leary che accorra... Spiegategli quel ch'è accaduto, se necessario.

— Sissignore.

Higgins si recò al telefono, e ne tornò dopo pochi minuti annunciando:

— Il tenente sarà qui in meno d'un quarto d'ora, signore.

Vance si avvicinò alla finestra e l'aprì. Poi aggiunse legna al fuoco. La bella fiamma scoppiettante parve dissipare la tetraggine incombente sulla camera.

Poco dopo si udì bussare, e il dottor Quayne entrò con la sua valigetta del pronto soccorso.

— Buon Dio! Che cosa è mai capitato? — chiese precipitandosi verso Rexon.

— Niente di serio, dottore. Gli hanno inferto un colpo alla testa. Credo stia ormai riprendendo conoscenza. Il polso è debole ma regolare, e c'è stato un preciso riflesso della cornea quando gli ho aperto l'occhio, e una netta resistenza quando gli ho girato la testa...

Quayne annuì, mentre provvedeva a disinfettare la ferita. Rexon si lamentò piano, poi aprì gli occhi e li girò intorno, evidentemente senza vedere. Ad un ordine di Quayne, Higgins portò del cognac, e il dottore ne versò un'abbondante sorsata tra le labbra di Rexon. Questi mandò un nuovo gemito e richiuse gli occhi.

— Per fortuna sono tornato a casa a far colazione, prima di continuare il mio giro di visite — disse il dottor Quayne sempre inginocchiato presso Rexon. — Be', ecco fatto. — E si alzò.

Rexon aprì gli occhi, con uno sguardo più chiaro, questa volta. Riconobbe Vance e Quayne, tentò di sorridere, gemette e si portò una mano alla nuca.

— Niente di preoccupante — lo rassicurò Quayne; poi, con l'aiuto di Higgins, accomodò Rexon sul divano e ultimò la fasciatura del paziente.

Mentre il medico era così occupato, O'Leary entrò, e Vance lo mise, sottovoce, al corrente della situazione.

— Possiamo rivolgere ora un paio di domande al signor Rexon? — chiese Vance vedendo il dottor Quayne allontanarsi dal divano.

— Certo, certo. Il signor Rexon si è ormai riavuto completamente.

Vance accennò a Higgins che non c'era più bisogno dell'opera sua, poi si rivolse al padrone di casa.

— Dunque, che cosa potete dirci, vecchio amico? — gli chiese.

— Temo proprio di non potervi dir nulla, Vance — rispose Rexon. La sua voce era ancora rauca e fioca, ma andava rapidamente rafforzandosi mentre parlava. — M'ero alzato dallo scrittoio per chiamare Higgins... quando debbono avermi colpito alle spalle... — Di nuovo si portò una mano alla nuca. — Poi, non ricordo altro se non di aver visto voi e Quayne presso di me...

— Avete idea che ora potesse essere quando vi hanno colpito?

— Un'idea molto vaga... — Rexon pensò un momento. — Ma aspettate! Credo proprio di aver udito il suono della sirena prima di venir meno... Ma sì, ne sono certo! Ricordo anzi d'essermi seccato perché era mezzogiorno e non avevano ancora portato via il vassoio della prima colazione. Di solito vengono a prenderlo verso le undici: era anzi per questo che volevo chiamare Higgins.

— Siete rimasto sempre qui nello studio, dopo essere sceso questa mattina? — chiese O'Leary.

— Quasi sempre, tenente. Sono uscito un paio di volte, per pochi minuti.

— È venuto qualcuno, da voi? — chiese Vance.

— Sì. La Bruce è venuta a chiedermi istruzioni, come fa sempre quando ci sono ospiti. E Richard s'è fermato una mezz'oretta con me... Oh, anche Quayne è venuto a salutarmi prima di recarsi da Joan... e Sydes, Carlotta... qualche altro... Se lo credete necessario posso cercare di ricordarmi con esattezza.

— Ma, no... Non ha alcuna importanza — fece Vance.

— Non ricordate di esservi sentito un po'... un po' confuso, diciamo, quando vi alzaste per chiamare Higgins? — chiese Quayne. — Giudicando dall'aspetto della ferita, è possibilissimo che ve la siate prodotta battendo contro uno degli alari, nel cadere svenuto.

— Proprio non riesco a ricordarmi di alcuna impressione di stordimento — rispose Rexon perplesso. — Ho avuto solo la sensazione che mi colpissero alle spalle.

— Vedo, vedo — mormorò Quayne pensieroso.

Rexon d'improvviso si chinò in avanti con gli occhi spalancati. Un mazzo di chiavi attaccato ad una lunga catena gli usciva dalla tasca dei pantaloni e dondolava sulla sponda del divano.

Il vecchio afferrò il mazzo di chiavi e, riadagiatosi, lo esaminò febbrilmente.

— La chiave! — ansimò dopo un momento. — La chiave della Stanza degli Smeraldi! Buon Dio! Non c'è più!

— Calma, calma, Rexon! — lo ammonì Quayne. — Non può essere scomparsa così. Cercate con calma.

Rexon si frugò con aria sconsolata le tasche, mentre O'Leary esaminava il pavimento.

Vance invece uscì in fretta dallo studio e ritornò poco dopo annunciando che la porta della Camera degli Smeraldi era tuttavia chiusa e intatta.

— Questo non dimostra nulla! — gridò Rexon. — Bisogna andare subito a vedere... Ho il duplicato...

Si alzò, così dicendo, e traversò con passo malsicuro la stanza. Staccato dal muro un disegno di Rembrandt d'inestimabile valore, lo buttò con indifferenza sopra una poltrona, poi premette una piccola sporgenza di legno e un quadratino di parete si alzò rivelando uno sportello ovale d'acciaio, con un quadrante e una manopola.

Rexon azionò, con dita nervose, il meccanismo, aprì la cassaforte e vi introdusse la mano traendone una chiave lunga e sottile.

Vance se la fece dare e uscì, precedendoci verso l'atrio.

Quando la pesante porta d'acciaio della Stanza degli

Smeraldi fu aperta, Rexon scostò Vance e si precipitò all'interno.

— Scomparsi! — La voce del vecchio era poco più di un rauco mormorio. — La parte più preziosa della mia collezione... E la collana di Istar... — La voce gli si spezzò, mentre indicava tremando una bacheca. Cominciò a vacillare.

Quayne gli si avvicinò immediatamente e lo prese per un braccio.

— Calma, calma, caro amico — gli intimò. Poi si rivolse a noi: — Lo riaccompagno nello studio.

Vance chiuse la porta a chiave alle spalle dei due uomini. Poi accese una sigaretta e cominciò a girar piano per la camera seguito in silenzio da O'Leary.

L'ambiente era completamente vuoto: c'era solo un grande tappeto nero sul pavimento e una serie di bacheche in metallo e cristallo lungo le pareti.

Smeraldi di ogni forma e dimensione, in montature uniche e squisite, figuravano nelle varie bacheche, adagiati su morbidi sfondi di velluto bianco. Nell'angolo che Rexon ci aveva indicato con mano tremante, una bacheca più grande delle altre aveva il vetro anteriore infranto; anche quella attigua, più piccola, era infranta allo stesso modo. Entrambe erano vuote.

Per il resto, la camera appariva in perfetto ordine.

— Molto, molto strano — mormorò Vance. — Solo due bacheche rotte.

— Probabilmente non hanno avuto il tempo di condurre a termine il lavoro — osservò O'Leary.

— Certo, certo, tenente, si direbbe che sia avvenuto proprio così... Ma non capisco che cosa c'entri Istar...

Si avvicinò ad una delle due finestre, l'aprì, ne esaminò le grosse sbarre di ferro incrociate, insieme con O' Leary. Quindi passarono all'altra finestra.

— Oh, oh, ecco qui qualcosa di interessante, tenente! Un piccolo tentativo, eh?

Vance richiamò l'attenzione di O'Leary sui profondi graffi che segnavano tre delle sbarre.

O'Leary aggrottò le sopracciglia.

— Qualcuno deve aver tentato di entrare da questa parte, e poi vi ha rinunciato trovando il lavoro troppo lungo e noioso... Poca pazienza.

— Oppure, è sopraggiunta qualche complicazione — fece Vance. — Tentativo fallito, insomma. Be', ora possiamo anche andarcene.

Richiusero le finestre, e Vance, prima di aprire la porta d'acciaio, diede un'altra occhiata tutt'intorno alla camera del tesoro.

Nell'ufficio di Rexon, Quayne stava cercando di consolare il suo vecchio amico e cliente.

— Dopo tutto non hanno rubato che poche pietre...

— *Poche pietre!* — ripeté Rexon desolato. — Ma erano le sole che veramente contassero! Magari avessero rubato tutte le altre e mi avessero lasciato quelle...

Vance porse a Rexon la chiave.

— Ho chiuso di nuovo, naturalmente... Ora diteci con esattezza che cosa manca... e che c'entra Istar in questa faccenda.

Rexon si appoggiò allo scrittoio.

— Mancano — rispose — tutte le pietre sciolte che possedevo... Anni e anni m'erano occorsi per raccoglierle.

— Sono anche le più facili a vendersi — osservò O'Leary.

— Sicuro. Un vero patrimonio liquido, costituiscono. E poi solo la Istar...

— Rieccoci! Che cos'è dunque?

— La collana della Regina Istar, il pezzo più raro della mia raccolta. Un gioiello egiziano. Diciottesima dinastia... Insostituibile... Sei smeraldi perfetti, in una catena di pietre più piccole, montati in argento e perle... Dovete ricordarlo, quel gioiello, Vance...

— Certo che lo ricordo... Una pessima regina, quella Istar, sempre disposta a tormentare la sua gente...

O'Leary stava prendendo appunti in un suo libriccino.

— Quando vi siete recato per l'ultima volta nella Stanza degli Smeraldi? — chiese Vance.

— Stamane, presto. Ci vado tutte le mattine. Marcia Bruce è venuta con me a spolverare un poco... Stasera avrei dovuto mostrare la collezione agli ospiti.

— Già... Un bell'inconveniente... Si capisce che la visita non avrà più luogo, vero?

— No — Rexon crollò il capo con aria di vero rincrescimento.

— Però la festa degli ospiti questa sera deve aver luogo in ogni modo, checché sia avvenuto. È anche vostro desiderio, non è vero Rexon? — Vance aveva parlato con tono nettamente imperativo.

— Certo, certo... Inutile turbare tutti quanti...

Il dottore si alzò e riprese la sua valigetta.

— Ora l'opera mia non occorre più — disse. — Vorrei aver potuto far qualcosa di più... Comunque tornerò stasera per tenere un po' d'occhio Joan.

— Vi ringrazio, Quayne. Siete proprio un caro amico.

Il dottor Quayne s'inchinò e uscì.

O'Leary richiuse il suo libriccino e chiese:

— Ditemi, signor Rexon, il vostro soprintendente è venuto da voi, questa mattina?

— Gunthar? No. Probabilmente avrà lavorato ai campi di pattinaggio e nel padiglione. Strano però che mi facciate questa domanda. Stamattina, quando sono sceso, Higgins mi ha detto che Gunthar era stato qui una mezz'ora prima chiedendo di vedermi. Higgins gli ha risposto che non ero ancora sceso, e allora lui se n'è andato brontolando. Non capisco proprio perché. Non viene mai al castello senz'essere chiamato.

O'Leary annuì con aria soddisfatta, poi si avvicinò alla finestra, l'aprì, si sporse. Aveva un'espressione piuttosto assorta quando tornò presso di noi.

Nell'atrio, Vance trasse il tenente in disparte e gli chiese:

— Qualche novità a proposito di Gunthar? Non avete segreti da confidarmi?

— Ecco: i miei sospetti contro quell'uomo si fanno sempre più forti. Già ieri avete dovuto ammettere che le mie accuse erano fondate; ora aggiungete questo: stamane volevo parlare con Gunthar, ma uno dei suoi uomini mi ha detto che s'era recato al castello per parlare col padrone. La cosa era naturalissima ed io ho aspettato per qualche tempo. Ma Gunthar non è tornato... — O'Leary strizzò l'occhio a Vance: — Voi capite bene che a Gunthar sarebbe stato facilissimo entrare nello studio del signor Rexon, sia allora, sia più tardi, in un momento in cui il vecchio fosse uscito dalla stanza... Non ha avuto che da attenderlo dietro l'uscio, colpirlo di sorpresa alle spalle, togliergli la chiave e recarsi a far man bassa degli smeraldi.

— Sotto parecchi punti di vista la cosa è molto bene congegnata, tenente... E logica anche...

— Certo, e, quel ch'è più, non sono affatto sicuro che sua figlia Ella non sia d'accordo col padre. Può avergli dato tutte le informazioni di tempo e di luogo necessarie, capite?

— Oh, amico mio! Voi mi sbalordite! Siete proprio certo di non lasciarvi trascinare un po' troppo lontano dalla vostra ostilità contro Gunthar?

O'Leary guardò Vance come stupito ch'egli non si rendesse conto della gravità degli indizi.

— Non direi — rispose quindi con la calma dell'assoluta convinzione. — Ho tanto in mano da arrestare la ragazza insieme col padre.

— Sotto quali capi d'accusa la arrestereste? — chiese Vance preoccupato.

— Come testimone oculare, se non altro — fu la fiduciosa risposta di O'Leary.

Vance accese una sigaretta, e soffiò una lunga voluta di fumo.

— Non voglio cercar di smantellare le vostre accuse, tenente; no, sono troppo logiche e fondate. Voglio semplicemente chiedervi un favore. Né la ragazza né il suo papà hanno mezzo di fuggire, stasera, non vi pare? E, per voi, arrestarli oggi o domani è lo stesso, no? Arrestateli domani, dunque, fatemi questo favore.

O'Leary osservò Vance per qualche minuto. C'era nei

suoi occhi una nota di dubbio e di turbamento, ma, al tempo stesso, una luce di fiducia e di ammirazione.

Finalmente disse:

— D'accordo, signor Vance. Benché ciò sia contro la mia convinzione, aspetterò.

Poi salutò, traversò la veranda e scomparve giù per gli scalini d'ingresso.

Anche Vance, poco dopo, uscì sulla veranda. Joan Rexon era sempre allo stesso posto, ma Ella Gunthar non c'era più. Al posto suo sedeva Carlotta Naesmith.

— Ohimè! — mormorò Vance. — Inutile sperare che O'Leary non abbia notato l'assenza della signorina Ella. È un uomo che nota tutto, quello!

Bassett era ancora seduto al tavolino sul quale aveva iniziato il solitario. Ma ora Stanley Sydes lo aveva raggiunto, e i due giocavano insieme.

C'era, fra loro, una bottiglia di cognac.

11. Serata d'addio

Sabato, 18 gennaio, ore 9 p. m.

Il pomeriggio era trascorso senza altri notevoli avvenimenti. Dopo colazione Carlotta Naesmith e Stanley Sydes invitarono Philo Vance ad assistere, con gli altri, alle loro esercitazioni sul ghiaccio, ma questi rifiutò, cortesemente.

Richard Rexon, che pure s'era fermato al castello, aveva parlato con Vance del furto degli smeraldi e aveva trascorso il resto del pomeriggio a meditare sull'accaduto.

La signorina Joan, infine, s'era ritirata nella propria camera a riposare, sicché un'insolita quiete regnava sulla casa.

A pranzo si parlò con molta animazione e vivacità della prossima festa, e vi furono misteriosi accenni ad una "sorpresa" che il signor Rexon aveva preparato per l'occasione, forse la partecipazione al trattenimento di un grande campione di pattinaggio. Ma nessuno pareva aver notizie sicure in proposito.

Terminato il pranzo, gli ospiti più anziani si riunirono in

veranda raggruppandosi ai due lati della poltrona-sdraio di Joan Rexon, disposta presso il finestrone centrale. La serata era limpida e non troppo fredda.

Poco prima delle nove Marcia Bruce condusse Joan Rexon al suo solito posto, sul terrazzo esterno.

— Per favore, preparate una sedia per Ella, vicino alla mia — le disse Joan. — L'aspetto da un momento all'altro.

La signorina Bruce obbedì.

Poco dopo comparve il dottor Quayne.

Il medico salutò cordialmente Joan e Richard, poi andò a sedersi presso Carrington Rexon dietro le file dei giovani.

Jim Bassett stava in fondo, appoggiato ad una delle porte chiuse. E senza dar nell'occhio il tenente O'Leary giunse e trovò un posticino da cui poteva dominare la situazione.

Un monumentale, antiquato grammofono e un grosso pacco di dischi vennero portati, da Higgins e da un domestico, presso il campo di pattinaggio.

Vance, in un frak impeccabile, coi pattini ai piedi e una bianca sciarpa al collo comparve sul campo, mentre alcuni riflettori entravano in azione.

— Signore e signori — cominciò in tono cerimonioso e caricaturale — ho il grande onore di presentarvi un memorabile trattenimento, e credo di potervi fiduciosamente promettere una serata di sensazioni e di attrazioni fuori classe.

Un applauso generale accolse l'annuncio detto con voce chiarissima e sonora.

— Abbiamo con noi — egli proseguì — artisti di vasta fama. Dirò anzi, di fama mondiale. Ogni persona da me annunziata sarà un nome a voi caro. La prima "stella" ch'io vado a presentarvi è la signorina Sally Alexander che eseguirà qualcuno dei suoi "numeri" inimitabili...

Un altro applauso accolse queste parole, mentre Sally Alexander usciva dal padiglione vestita da monello, tutta sorrisi e cenci colorati e cominciava a pattinare graziosamente in un cerchio di luce proiettato da una delle finestre superiori del castello.

Cantò un'allegra e maliziosa canzonetta parigina e fu ricompensata da grandi applausi e allegre risate. Come secondo "numero" fece la caricatura di una "diva" leziosa che cerca di aprirsi la via tra una folla di accesi ammiratori. I pattini rendevano il compito assai difficoltoso e il piccolo pubblico si divertì un mondo e applaudì a lungo e fragorosamente.

Vance accompagnò Sally Alexander al padiglione e ne tornò con Dahlia Dunham e Chuck Throme in costume da pugilatori: vasti accappatoi, calzoncini, maglietta.

I tre avanzarono nel cerchio luminoso e si inchinarono.

— Alla mia destra — annunciò Vance — in accappatoio rosso è la signorina Dahlia Dunham, deliziosa campionessa che conta al suo attivo magnifiche vittorie. Alla mia sinistra, in accappatoio bianco, è Chuck Throme, eccezionale campione le cui glorie non sono meno numerose. Questi due assi impegneranno ora un combattimento in tre riprese per il massimo titolo di pugilato sui pattini.

I due avversari infilarono i guantoni, l'arbitro avanzò e il combattimento ebbe inizio.

Per qualche minuto i campioni si studiarono, in una serie di finte; poi vennero ad un corpo a corpo, subito separati dall'arbitro. Il ghiaccio scivoloso sotto i pattini faceva sì che molti colpi andassero a vuoto in modo buffissimo, e quelli che giungevano al segno eran certo di poco danno...

Quando Vance suonò il fischietto al termine della terza ripresa, Dhalia Dunham fu proclamata vincitrice per acclamazione popolare e Chuck Throme, accogliendo con galanteria la disfatta, tentò un nuovo profondissimo inchino; ma, come poche sere innanzi nel salotto, l'inchino gli riuscì troppo profondo sicché egli andò a finire bocconi sul ghiaccio. Vance e Dahlia Dunham lo aiutarono a sollevarsi e lo riaccompagnarono, fra salve di allegri applausi, nel padiglione.

Joan Rexon si sollevò un poco nella poltrona, guardandosi attorno.

— Vorrei che Ella venisse — la udii mormorare — altrimenti perderà tutto il bello dello spettacolo. Tu, Richard, non l'hai vista?

Richard Rexon crollò il capo con aria malinconica.

— Sarà fuori, da qualche parte — rispose. E si alzò per andare a cercarla.

La signorina Maddok e Pat Mc Orsay si esibirono in un "numero" caricaturale con un minuscolo aeroplano a rotelle, costruito da loro stessi, poi Vance annunciò un'esibizione di Charlotte Naesmith e Stanley Sydes. In costume spagnolo, i due danzarono magnificamente al suono del grammofono azionato da Vance; e tutti gli altri "artisti" si unirono poi a loro per un gran tango finale.

Richard Rexon aveva fatto ritorno, solo, alla desolata Joan.

— Ed ora — annunciò la voce di Vance — ecco una grande sorpresa. Non posso comunicarvi il nome dell'artista, perché esso è sconosciuto. La chiameremo "Meraviglia Mascherata"... Un momento! Debbo accordarmi col nostro Maestro Direttore sulla melodia che ci occorre...

Dopo un animato colloquio muto di Vance col monumentale grammofono, le dodici melodie di *Storie della Selva Viennese* cominciarono a diffondersi nella notte tranquilla...

Poi...

Un'esile signorina comparve sul ghiaccio quasi volando, con una grazia, con un ritmo, con una leggerezza incredibili. Il suo costume di velluto adorno di zecchini d'oro scintillava gaiamente sotto la luce del riflettore. Una maschera di seta le copriva quasi per intero il volto. Con aerea grazia la "Meraviglia Mascherata" eseguì le più difficili e complicate "figure": piroette, trottole, salti, con una tecnica ardita, originale, perfetta.

Il pubblico seguiva l'inaspettato "numero" con intensa delizia.

Qualcuno suggerì che doveva trattarsi di Linda Höffler, la nuova campionessa che negli ultimi tempi aveva fatto "sensazione"; altri si recarono a interrogare Joan e Richard Rexon che protestarono la loro ignoranza; altri ancora vollero sapere dal vecchio Rexon quale "astro" avesse scovato per l'occasione, ma il padrone di casa non si sbottonò.

Ogni volta che la fanciulla abbandonava il campo, gli applausi duravano così lunghi e fragorosi che Vance doveva ricondurla in pista.

Finalmente una voce gridò "Giù la maschera!" e il grido fu ripetuto all'unisono da tutti.

Allora Vance mormorò qualcosa alla fanciulla misteriosa e le tolse la maschera. Sorridente, felice, ci apparve il volto di Ella Gunthar.

Joan Rexon si raddrizzò nella poltrona e gridò con gioia trionfante: — Lo sapevo, lo sapevo che doveva essere Ella! — Era quasi in lacrime per la commozione. — L'ho sempre saputo che Ella era imbattibile! Non è una cosa meravigliosa, Richard?

Ma già il giovanotto stava discendendo i gradini del terrazzo e si faceva largo per raggiungere la trionfatrice.

Carrington Rexon e il dottor Quayne si avvicinarono a Joan.

— Oh, papà! — esclamò la fanciulla. — Perché non me lo avevi detto?

— È stata una sorpresa per me quanto per te, Joan cara. Il signor Vance mi aveva detto solo di aver preparato una sorpresa che ti avrebbe fatto piacere, ma non avevo la più lontana idea di che cosa si trattasse.

— Bene, bene — ammonì il dottor Quayne. — Ma per questa sera credo che Joan si sia divertita e stancata abbastanza.

I due uomini aiutarono la fanciulla a rientrare.

Sul campo di pattinaggio Ella Gunthar era circondata da una folla chiassosa, perché anche gli uomini che lavoravano nella tenuta avevano assistito dal parco allo spettacolo.

Poco dopo gli ospiti si raccolsero in salotto e gli artisti salirono dal padiglione, vestiti ancora in costume.

Vance, sul quale piovevano le congratulazioni, protestava, schernendosi:

— È tutto merito della signorina Naesmith... Tutte idee sue, ve lo assicuro...

Accompagnata da Richard Rexon, anche Ella Gunthar

comparve. Venne accolta da applausi entusiastici, ma sembrava ora sconvolta e nervosa e si fermò solo il tempo necessario per abbracciare Joan Rexon e mormorarle qualche parola.

Richard e Vance si offersero di accompagnarla a casa, ma ella cortesemente rifiutò, e corse via da sola.

Il grammofono ricomparve, qualcuno lo accese, e cominciarono le danze. Quayne arrivò allora scortato da Marcia Bruce alla quale affidò Joan perché l'accompagnasse a letto.

La governante appariva stranamente animata e fiera e fu con aria quasi gioconda che uscì, sostenendo Joan, dal salotto.

L'allegria generale andava facendosi sempre più schietta. Solo Jim Bassett sedeva con aria tetra in disparte. Quayne stava per avvicinarglisi quando Carlotta Naesmith lo fermò per chiedergli di indicarle il rimedio migliore contro il mal di mare. E fu Richard Rexon che andò a sedersi presso Bassett.

Vance ne aveva, evidentemente, abbastanza, e augurò a tutti la buona notte disponendosi ad andarsene. O'Leary gli si avvicinò con uno sguardo interrogativo, ma Vance non si lasciò abbordare.

— Dormiamoci sopra, caro tenente — disse. — Volete che ci vediamo domani prima di mezzogiorno?... Bella festa, eh?... Salute!

E O'Leary rimase a guardare con aria afflitta Vance che saliva rapidamente le scale.

12. La collana della Regina Istar

Domenica, 19 gennaio, ore 9.30 a. m.

Vance si alzò per tempo anche la domenica. Bevve un caffè forte, mi invitò a seguirlo fuori, nel chiaro sole invernale.

Era nevicato, nelle prime ore del mattino, e il mondo appariva coperto di un fresco intatto lenzuolo. Prendemmo una scorciatoia e scendemmo allo stagno della Valverde dove avevamo veduto per la prima volta Ella Gunthar.

Girammo intorno ad un altro cespuglio, e una specie di capanna ci apparve.

— È il rifugio dell'Eremita Verde, scommetto — disse Vance. — È doveroso recarci a visitare il santone del luogo.

La porta era socchiusa. Vance bussò e, non udendo risposta alcuna, aprì.

Ad un tavolino, presso la finestra, sedeva il vecchio Jed. Alzò il capo a guardarci, senza sorpresa.

— Salute! — gli disse Vance cordialmente, dalla soglia. — Possiamo entrare?

Il vecchio annuì con indifferenza. La sua attenzione era concentrata sopra un oggetto che teneva fra le dita. Quando ci avvicinammo, alzò le mani e il sole scintillò sopra una stupenda collana di smeraldi.

— Sei smeraldi perfetti in una catena di pietre minori — mormorò Vance. Poi disse forte, rivolto al vecchio: — Bella, vero?

Jed sorrise con una ammirazione infantile mentre si faceva scorrere fra le mani le gemme verdi.

Vance gli sedette accanto.

— Ne avete delle altre?

Il vecchio scosse il capo.

— Che ne avete fatto delle altre?

— Niente altre. Solo questa. — Depose la collana sul tavolino come ad invitar Vance a condividere la sua estasi: — Come i prati verdi in primavera — disse con aria mistica, ispirata. — Come l'acqua dei torrenti, che corre... come gli alberi del buon Dio in estate... Verde, tutto ciò che è bello nella natura è verde.

I suoi occhi brillavano di una luce di fanatismo.

— Sicuro — fece Vance secondandolo. — Primavera... il verde della natura dovunque:

E tutti i verdi prati
Aperti, squadernati
Erano verde e argento
Erano verde ed oro...

— Dove l'avete trovata, Jed?

Il vecchio scosse il capo.

— Dove l'avete presa?

Ancora Jed tentennò il capo, poi chiese, come se volesse mutar piega al discorso:

— Siete amico della signorina Ella?

— Sicuro. E voi, pure, non è vero?

Il grigio capo annuì entusiasticamente.

— E quel tale che il signor Richard ha portato a casa con sé? Siete anche amico suo? — chiese poi l'"eremita".

— Il signor Bassett? No. Di lui non sono amico. Tutt'altro! Perché?

— Non buono — dichiarò il vecchio Jed facendo stretta economia di parole.

Vance alzò le sopracciglia in atto di stupore:

— È stato lui a darvi questa collana verde?

— No. — Il vecchio parlava con irritazione, ora: — Lui è venuto qui per dar noia alla signorina Ella.

— Oh, davvero? E quando?

— Ieri sera. Prima della festa, su al castello. Credeva che la signorina Ella fosse sola. Ma c'ero anch'io, invece. — Il vecchio Jed ridacchiò. — Ora, scommetto che non si farà più vedere, da queste parti.

— No? E perché mai?

— Non si farà più vedere da queste parti — ripeté l'altro vagamente. — Ma su, al castello, signore, baderete voi a proteggere Ella?

— Certo — promise Vance. — La signorina non avrà alcuna noia, state tranquillo... Ma ditemi, Jed, come è giunta a voi quella collana?

Il vecchio lo guardò, silenzioso e inespressivo. Allora Vance mutò tattica.

— È necessario che io lo sappia — disse — per il bene della signorina Ella.

— La signorina Ella non ha fatto nulla di male.

— E allora ditemi dove avete trovato quella collana, — insisté Vance.

Il vecchio si guardò intorno, perplesso; poi il suo sguardo cadde sul piccolo grammofono che avevamo visto utilizzare da Ella Gunthar.

— Là! — esclamò guardando Vance con aria trionfante e accennando al grammofono.

Vance si alzò; andò a prendere lo strumento e lo depose sul tavolino. Lo aprì, lo scrollò ma non vi trovò nulla.

Il vecchio Jed prese la collana e la depose sul velluto verde che ricopriva il piatto portadischi.

— Così — disse semplicemente. — Era nascosta così.

Proprio in quel mentre l'uscio della capanna si aprì ed Ella Gunthar entrò sorridendo. Ma il sorriso le svanì dalle labbra come ci vide.

Il vecchio Jed si alzò per salutarla e Vance, andatole incontro, la prese dolcemente per un braccio e l'accompagnò vicino al tavolo.

Lo sguardo di Ella cadde sull'interno del grammofono, sulla collana di smeraldi scintillanti. Subito la fanciulla impallidì e volse il capo altrove.

— Che ne sapete di tutto ciò, signorina Gunthar? — le chiese Vance con aria indulgente.

— Non so... non so nulla. — La risposta di Ella suonò bassa, esitante.

— Ma avevate visto prima d'ora questa collana?

— Sì... credo. Nella Stanza degli Smeraldi.

— E come mai il gioiello si trovava nascosto nel vostro grammofono? Jed mi ha detto d'averlo trovato lì.

— Non... non so. Forse non è vero...

— Oh sì, è verissimo, mia cara.

— Non so nulla, non so nulla — ripeté Ella con ostinazione.

— Ecco, ora credo che stiate raccontando delle bubbole... Lo sapete che quella collana e parecchie altre gemme sono scomparse ieri mattina dalla Stanza degli Smeraldi?

— Sì. Richard me lo ha detto ieri sera.

— È stato Richard a darvi la collana?

— Oh no! — rispose la fanciulla tutta indignata. — E

neppure Jed c'entra per nulla! E neppure mio padre! Oh, non crediate che io non sappia perché quell'ufficiale di polizia è sempre a gironzolare qua intorno! Vogliono dare la colpa di tutto quanto a mio padre, ecco!

Vance osservava quietamente Ella Gunthar.

— E allora — le chiese — chi è stato, secondo voi, a prendere la collana e gli smeraldi?

— Chi? Chi? — Ella si mordicchiò le labbra per qualche istante, poi, come spinta da un improvviso impulso sbottò: — Io, sono stata, ecco, sono stata io a prenderli!

— *Voi?* — fece Vance, scettico. — E che altro avete preso, oltre alla collana della Regina Istar, signorina Ella?

— Ma... alcune altre pietre, sciolte.

— E come siete riuscita ad entrare nella camera?

— Avevo trovato la porta aperta.

— Ma via, signorina, il signor Rexon non ha certo l'abitudine di lasciare quella porta aperta...

— Io l'ho trovata così.

— Bene. E una volta entrata, che avete fatto?

— Ho aperto due bacheche.

Vance rise piano.

— Avete trovato forse spalancate anche quelle?

La ragazza buttò un poco la testa all'indietro, con gli occhi velati di lagrime.

— Io... ho rotto i vetri — balbettò.

— Vedo, vedo... E allora non vi dispiacerebbe venire con me al castello per raccontare al signor Rexon tutto questo?

— No — Ella inghiottì un singhiozzo. — No, non mi dispiace.

Il vecchio Jed guardò Vance, poi la ragazza, poi ancora Vance, e aggrottò le sopracciglia come se facesse uno sforzo per raccogliere i propri pensieri.

— Signor Vance — chiese la fanciulla timidamente — è proprio necessario che Joan venga a sapere di questa storia, e... e Richard!

— Lo temo — rispose Vance. — Ma, forse, non subito, cara. Siete pronta per venire?

Vance intascò la collana e s'avviò con Ella Gunthar per lo stesso viottolo dal quale eravamo venuti. Non accennò più al furto degli smeraldi, e invece le chiese:

— Bassett si è ancora comportato scorrettamente nei vostri riguardi?

— Oh non è stato nulla — rispose la ragazza, con gli occhi fissi dinanzi a sé. — Ve ne ha parlato Jed? Non l'avevo mai visto così furibondo, poveretto! E credo che il signor Bassett si sia buscato un bello spavento.

Il resto della strada fu compiuto in silenzio.

Carrington Rexon era solo nel suo studio. Vance aprì l'uscio ed Ella Gunthar entrò con aria timida guardando ora Rexon ora Vance.

— Parlate, cara — le disse Vance.

La ragazza abbassò gli occhi torcendosi convulsamente le mani.

— Signor Rexon, io... io... — Alzò gli occhi e terminò in fretta: — ...ho rubato gli smeraldi!

— Voi... *che cosa?* — fece Rexon sbalordito.

— Ho rubato gli smeraldi — ripeté Ella più lentamente.

Rexon si lasciò sfuggire, senza volerlo, una risatina incredula.

— E posso dimostrarvelo! — insisté Ella. Tese una mano a Vance che si tolse di tasca la collana e gliela porse.

Carrington Rexon afferrò con vivacità il gioiello che Ella aveva deposto, quasi con ripugnanza, sullo scrittoio, e lo esaminò minutamente.

— La collana d'Istar! Oh...! E... dove sono le altre pietre?

Ella scrollò il capo, e strinse le labbra con aria ostinata.

— Non ve lo dirò. Non ve lo dirò mai.

Rexon si appoggiò con la schiena alla spalliera della poltrona ed esaminò con aria critica la ragazza.

— Ah, ah! — fece. — E voi sareste colei che mio figlio desiderava sposare!

Ella Gunthar arrossì violentemente, e sobbalzò, come se le parole del vecchio la cogliessero di sorpresa.

— Ma sicuro, illustre signorina — proseguì Rexon freddamente. — Voi forse vi illudevate ch'io non sapessi nulla del romanzetto in corso tra voi e il mio Richard. La signorina Naesmith me ne ha parlato soltanto ieri sera... Carlotta Naesmith, la ragazza che speravo potesse diventare mia nuora... Bella roba! Dopo tutto quanto abbiamo fatto per voi!... Non solo avete rubato l'amore del mio unico figliolo, ma anche i miei smeraldi volevate prendervi! — Si alzò a metà dalla poltrona, sotto la spinta della indignazione. — Sono quasi contento che sia successo quel che è successo... La salvezza di Richard val bene la perdita degli smeraldi...

Vance girò rapidamente dietro lo scrittoio e andò a porre una mano sulla spalla di Carrington Rexon.

— Vi prego, caro amico! Non vogliate fare di un contrattempo una tragedia!

Sotto la persuasiva pressione della mano di Vance, Rexon si calmò un poco.

Ora Ella Gunthar lasciava piovere, senza più tentare di trattenerle, lacrime copiose, e Vance le disse dolcemente:

— Mia povera piccina, non vi sembra di aver spinto sin troppo oltre questa tragica farsa?... È tempo di dire la verità, adesso, tutta la verità che sapete. Noi brancoliamo nel buio e abbiamo bisogno del vostro aiuto. Ci sono forze maligne all'opera, qui, in questa casa... Forse abbiamo tra noi un pericoloso delinquente... Voi potete aiutare coloro che amate in un modo solo: dicendoci la verità. Volete?

Ella Gunthar respirò profondamente, si asciugò gli occhi e, con inattesa fermezza rispose:

— Sì, lo voglio.

Vance la fece sedere, e le si pose al fianco.

— Dunque ditemi, anzitutto: chi volete proteggere con quella storia, senza capo né coda, del vostro preteso furto?

— Ecco... precisamente non lo so neppur io. Ad un certo momento mi è sembrato che tutte le persone che amavo fossero come prese in un'orribile trappola... Il povero vecchio Jed scoperto in possesso della collana; mio padre sospettato delle cose più orribili; in un certo senso, lo stesso Richard...

tutto poi, era collegato con quella terribile notte, sulla roccia... quando il povero Lief venne ucciso... Io... io non ci capivo più nulla, e per un momento ho creduto che quella di accusarmi fosse la sola via di scampo per... per tutti i miei cari... — si nascose il volto tra le mani. — E devo cercare di aiutarli, anche, senza sapere nulla... perché in realtà io non so nulla di concreto... solo piccole cose staccate ... che non si accordano fra loro...

— Vi capisco, povera piccola — fece Vance. — Ma diteci egualmente quello che sapete, anche se si tratta di inezie... Tutto può riuscir utile... riuscire utile a coloro che amate.

— Oh sì, farò di tutto per aiutarvi... Voi forse avrete pensato, signor Vance, che se venerdì ho insistito per assistere all'inchiesta, fosse soltanto per curiosità puerile...

— No — rispose Vance. — Non ho pensato così!

— Bene, comunque sapete che tutte le insinuazioni che mi toccò udire... Ma i fatti, molti fatti, sono veri... Quella sera, poco prima di mezzanotte, io venni qui... Avevo appuntamento con Richard, presso un certo nostro albero prediletto, dietro il padiglione. Aspettai a lungo, ma lui non venne... D'improvviso lo udii parlare con qualcuno. Mi parve adirato... Poi dev'essere rientrato in casa, e non udii più nulla. Fu allora che corsi via piangendo, e Guy Darrup mi vide passare...

Tacque guardando Vance, poi Rexon.

— Continuate — disse Vance. — Non ci avete ancora detto dove avete trovato la collana di smeraldi.

— Non è stato mio padre a prenderla! — esclamò Ella guardando Rexon con aria di sfida. — L'ho trovata per terra vicino alla finestra, nella specie di camerino improvvisato per me nel padiglione ieri sera. Volevo restituirla subito al signor Rexon, ma poi Richard mi disse quel ch'era capitato, e ho avuto paura delle domande alle quali sarei certo stata sottoposta. Sapevo che mio padre era andato nel padiglione, ieri, e Jed mi aveva portato il costume... Il babbo aveva poi chiuso a chiave il camerino perché nulla trapelasse della sorpresa... Volevo dunque avere il tempo di riflettere, prima di compiere qualsiasi passo, ed ecco perché ho portato la collana nella capanna di Jed e l'ho nascosta nella valigetta del grammofono. Ma non è stato mio padre a rubare gli smeraldi, e nemmeno Jed!

Carrington Rexon appariva profondamente turbato e perplesso.

Vance si alzò e posò una mano sulla spalla di Ella Gunthar come per invitarla ad alzarsi anche lei.

Ma in quel momento si udì bussare, e Higgins introdusse il tenente O'Leary, accompagnato da un agente in divisa.

13. Il secondo delitto

Domenica, 19 gennaio, ore 11 a. m.

O'Leary passò con lo sguardo da Vance alla fanciulla seduta, poi alla collana scintillante sullo scrittoio di Carrington Rexon.

— Da dove è venuta, signor Rexon? — interrogò vivamente.

Vance ripeté il breve racconto di Ella Gunthar.

— Una bella storia — osservò sarcastico O'Leary.

Il telefono squillò. Rexon prese il ricevitore, ascoltò poi disse:

— Chiamano voi da New York, Vance... È una linea privata, questa. Parlate pure, con tutta sicurezza. — E porse il microfono a Philo Vance.

Mentre Vance era all'apparecchio, O'Leary trasse in disparte l'agente e gli parlò con animazione.

— ...Come mai tanto ritardo? sergente? — stava dicendo Vance. — Ah, avete dovuto rivolgervi a Washington... capisco... Sì, dettate pure, scriverò...

Stese una mano per prendere carta e matita e scrisse sotto dettatura.

Sotto il suo aspetto calmo, riconobbi, da segni quasi impercettibili, ch'era assai eccitato.

— Perfetto come sempre il vostro lavoro, sergente — disse poi con soddisfazione deponendo la matita. — È proprio quanto volevo... No, no, non è necessario che veniate, grazie... Grazie.

Respinse l'apparecchio e si alzò. Sospirando piegò il foglio che aveva scritto e se lo ripose in tasca, poi accese una *Régie*, tornò a sedere e disse:

— Bene, tenente?

O'Leary si avvicinò alla seggiola su cui era seduta Ella Gunthar. Poi, rivolto a Vance:

— Ho mantenuto la promessa, signor Vance. — Parlava calmo, con naturalezza: — Ho aspettato come desideravate. Ora però non posso far altro che arrestare la ragazza e suo padre. Credo sarete d'accordo con me, signore. Ho portato questo agente... — Esitò. — A meno, naturalmente, che voi non abbiate raccolto nuovi indizi tali da alterare la mia decisione...

— Credo sia proprio il caso, tenente. — Vance si rivolse a Ella Gunthar: — Signorina, volete raggiungere la signorina Joan in veranda?

— Mi dispiace, signor Vance — obiettò O'Leary. — Credo di non poterlo permettere...

— No! Mio Dio! E allora fatela seguire dal vostro uomo, tenente. Vi assicuro che non c'è alcun pericolo.

O'Leary sembrava poco convinto, ma tuttavia acconsentì, ed Ella Gunthar uscì lentamente dallo studio con il rozzo agente di Winewood alle calcagna.

— Vi ringrazio, tenente— disse Vance, buttando il mozzicone della sigaretta nel camino. — Ed eccovi le informazioni che vi avevo promesso.

Si tolse di tasca il foglio sul quale aveva scritto poco prima il messaggio telefonico, e lo porse a O'Leary.

Il tenente lo scorse con una rapida occhiata, poi lesse forte:

Fatto esaminare il bicchiere inviatomi. Reca chiarissime impronte digitali di Caspar Biset. Anche la descrizione da voi fatta corrisponde.

Biset è ritenuto il capo di una associazione internazionale di ladri di gioielli di alto valore. Si è sempre mantenuto nel-

l'ombra e non abbiamo motivi validi per procedere contro di lui. Più conosciuto all'estero, ma facilmente identificabile anche qui.

Segnalato ultimamente a Saint Moritz, Svizzera.

O'Leary alzò gli occhi con espressione stupita.

— Vedo che occorre qualche ulteriore spiegazione — disse subito Vance. — Ecco qua. La sera del mio arrivo, notai un certo volto, stranamente familiare, che nella mia mente si associava in modo confuso con Amsterdam. C'erano quelle sopracciglie nere che formavano come un linea unica sopra il naso... Pure qualcosa mancava, su quel volto. Forse i baffi? Ma i baffi vanno e vengono... D'impulso, m'impadronii del bicchiere nel quale il personaggio in questione aveva bevuto parecchio whisky e lo mandai alla polizia di Nuova York, con una descrizione generale dell'individuo, perché ne ricavasse le impronte digitali e compiesse qualche indagine. Una semplice speranza... E poco fa ho avuto il rapporto da voi letto.

— E dov'è ora questo Caspar Biset? — chiese O'Leary nervosamente.

— Caspar Biset sotto il nome più conveniente di Jim Basset si trova qui al castello, ospite particolare del signor Richard Rexon.

Carrington Rexon trasalì, ma non disse motto.

— E voi credete che sia stato lui... — cominciò O'Leary.

— Non lo so, tenente. Tutto quanto so, ve l'ho detto. Sono sempre in attesa di scoprire qualcosa di più. Ma una chiacchieratina con Biset-Basset mi sembra piuttosto opportuna, no?

O'Leary, ancora perplesso e incerto, annuì. Vance si rivolse a Rexon:

— Volete far pregare il vostro ospite di venire qui?

Rexon, scuro in volto, suonò per Higgins al quale diede l'ordine, mentre Vance passeggiava su e giù per la stanza, fumando, e O'Leary immobile, guardava fuori dalla finestra.

Poco dopo Higgins tornò.

— Mi spiace, signore, ma il signor Basset non è in camera sua.

— Bene, cercatelo altrove, presto! — fece Rexon con impazienza.

— Ma, a quanto sembra, signore, il signor Bassett non ha dormito in camera sua questa notte.

— Oh, oh! — Vance si fermò di botto con la sigaretta a mezz'aria. — Ne siete certo Higgins?

— Sono andato a bussare alla porta della camera, signore... Nessuno mi ha risposto e allora, essendo aperta la porta, sono entrato. Il letto è intatto. Ho avuto conferma anche dalla cameriera, signore.

Rexon emise un sordo brontolio e O'Leary esclamò:

— Lo sentivo, che si sarebbe dovuto agire più presto!

Ignorando l'implicito rimprovero, Vance disse a Higgins:

— Chiamate l'autorimessa.

Il maggiordomo chiese la comunicazione, poi passò il microfono a Vance.

— Qualcuno è venuto a ritirare la propria macchina, stamattina? — attese un momento — e durante la notte? — Riappese. — Tutte le macchine sono quiete e tranquille al loro posto — ci riferì. — Strano. Facciamo una rapida capatina nella camera dell'amico.

La camera non presentava tracce di disordine. In uno dei due grandi armadi a muro erano appesi parecchi abiti, nell'altro soprabiti, vesti da camera, e, negli appositi reparti, cappelli e scarpe.

Anche i cassetti del canterano erano in ordine, e dentro non c'era che il normale corredo di un uomo di buon gusto.

In un angolo della camera stavano un baule e una valigia, vuoti.

— Credo che qui ci sia ben poco da scoprire — disse Vance dando un'ultima occhiata in giro. — Riterrei più proficua una capatina a Winewood, alla stazione, per esempio.

L'utilitaria di O'Leary era ferma proprio davanti alla veranda, ma Vance, quando vide che l'ufficiale di polizia vi si dirigeva, lo richiamò.

— Sentite! La mente funziona molto meglio se non si corre... Io proporrei di andarci a piedi, a Winewood, naturalmente se non vi dispiace.

O'Leary si strinse nelle spalle, e insieme ci dirigemmo lungo il viale del giardino, verso il cancello che dava sulla strada provinciale.

— Non capita tutti i giorni l'occasione di metter le mani su un assassino — osservò di malumore O'Leary. — Sarebbe proprio un guaio se ce lo lasciassimo sfuggire.

— Certo. Altro che guaio. Ma io non credo che quell'uomo sia un assassino. Le mie osservazioni contraddicono questa ipotesi. No, non è tipo d'ammazzare qualcuno, Bassett. Troppo soave... Niente sangue sulle mani.

— Allora non credete sia stato lui a sopprimere Wallen in un precedente tentativo di impadronirsi degli smeraldi?

— No, oh, no. Non era il tipo, come ho detto. Comunque...

— Ma ammettete che ora se ne sia andato con gli smeraldi?

— Mio caro tenente, io non ammetto nulla. Mi sto semplicemente guardando attorno, per cercar di capire.

— E allora ritorniamo a Eric Gunthar. Gli è stato chiesto di giustificarsi, per quanto riguarda ciò che è accaduto ieri?

— No. Non ancora. Buona idea però. Parlerò con lui più tardi. "Dove vi trovavate la notte del..." eccetera, eccetera. Può riuscir utile, e può riuscire inutile...

Vance buttò via il mozzicone della sigaretta.

Avevamo appena oltrepassato i larghi cancelli e avevamo percorso un centinaio di passi, forse, in direzione di Winewood quando O'Leary osservò un po' seccato:

— Con la macchina avremmo fatto più presto...

— Più presto già... — Vance s'interruppe di colpo. — Ma forse i risultati sarebbero stati meno soddisfacenti... Guardate un po' là, tenente...

Indicò una macchia d'alberi sul margine della strada, proprio sotto l'imponente muro di cinta della proprietà di Carrington Rexon. Vedemmo un monticello di neve, di forma irregolare, e qua e là chiazzato di nero... Il monticello terminava in un paio di scarpe di vernice.

— Con la macchina, probabilmente, gli saremmo passati davanti senza vederlo — disse Vance dirigendosi verso quel rialzamento. E O'Leary gli tenne dietro, mortificatissimo.

Al nostro avvicinarsi il monticello di neve si rivelò per una forma umana contorta, con un braccio teso e l'altro ripiegato sotto il dorso.

— Ecco il nostro esperto di pietre preziose — disse Vance grave in volto, chinandosi sul corpo senza vita.

Era Jim Bassett in frak, come l'avevo visto la sera precedente. Vance ci fece notare una macchia bruna, sulla neve, presso l'orecchio destro del giovane.

— Proprio come Wallen, tenente. Brutto affare, eh?

— È vero, signor Vance... Troppo simile all'altra questa morte... La morte risale a parecchio tempo fa, secondo voi?

— Otto o dieci ore, direi... Ma non sono medico fiscale, sapete? Bisognerebbe chiamar subito il dottor Quayne. Volete che torni io al castello, per telefonare al nostro Esculapio, o preferite andarci voi mentre io aspetto qui?

— Oh, rimarrò io, signor Vance — rispose O'Leary in tono rispettoso. — Se vorrete avere la bontà di telefonare al dottor Quayne...

— Ma certo... Arrivederci... — Vance esitò: — potreste dirmi se gli smeraldi mancanti si trovano nelle tasche della vittima?

— Veramente, signor Vance, sarebbe proprio contrario alle regole, ma.. — O'Leary s'inginocchiò così dicendo, e frugò rapidamente nelle tasche di Bassett. — Niente smeraldi. Soltanto oggetti personali... — E soggiunse: — Il che significa, se non erro, che Gunthar è più sospettabile che mai...

— Temo di sì... in teoria — rispose Vance. — Ma certo, tenente, non vorrete credere...

— Purtroppo, signor Vance, io non sono pagato per credere questa o quella cosa, ma per seguire i fatti. — O'Leary si cavò di tasca la pipa. — E temo che dovrò proprio arrestare Eric Gunthar e sua figlia.

— Capisco, capisco... — Vance gli volse le spalle e ritornò rapidamente verso il castello.

Sulla veranda alcuni degli ospiti stavano conversando animatamente. Joan Rexon era rientrata ed Ella Gunthar, in disparte, sedeva con lo sguardo fisso al campo di pattinaggio. L'agente della polizia di Winewood, poco discosto, non la perdeva di vista.

— Sentite, cara — le disse. — Voi e vostro padre vi trovate in una situazione assai pericolosa. Io farò di tutto per tirarvene fuori, ma ho bisogno del vostro aiuto. Ecco quel che desidero da voi. Andate a prendere i vostri pattini e il costume. Dite a vostro padre che il signor Rexon desidera vederlo nel proprio studio... E anche il vecchio Jed, se vi riesce di pescarlo. Questo signore vi accompagnerà. — Vance indicò l'agente. — Quando tornerete, mettetevi a pattinare, pattinate come se tutto il vostro avvenire dipendesse da ciò! Interessate gli ospiti; tratteneteli fuori dal castello ad ogni costo. Continuate a pattinare sino a quando io non vi dirò di smettere... Intanto farò tutto quel che potrò per la vostra salvezza. Capito?

Le labbra di Ella Gunthar tremavano, ma alzò il capo e guardò Vance negli occhi.

— Farò tutto quello che vorrete — disse. C'era decisione, sottomissione, coraggio, nella sua voce. Si alzò, e si diresse verso il padiglione, seguita dal grosso agente.

Vance s'avviò nello studio di Rexon. Carlotta Naesmith lo rincorse e lo guardò con aria interrogativa. Vance alzò una mano:

— Non chiedetemi nulla, per ora. E, invece, fatemi un favore: tutti gli ospiti debbono essere trattenuti fuori dal castello. Ella Gunthar tra poco farà per loro un'esibizione di pattinaggio... Voi siete stata cattiva con lei: ora ella soffre. Aiutatela.

Prima che Carlotta potesse rispondere, Vance era già lontano.

Nello studio trovò Carrington Rexon solo e gli riferì brevemente gli ultimi avvenimenti. Il vecchio si abbandonò stancamente nella sua poltrona.

— Un'altra morte! — si lagnò, tristemente. — E gli smeraldi?

— Non li aveva lui. Ma credo che si troveranno.

Vance telefonò poi a Quayne, lo informò di ogni cosa e gli disse dove avrebbe trovato O'Leary ad aspettarlo.

— Che ne pensate di tutto ciò, Vance? — chiese Rexon mentre l'altro sedeva di fronte a lui.

— Nulla ancora, amico mio... cerco di sommare i fatti per ottenere qualche risultato. Vorreste pregare la vostra governante di venire qui? Desidererei rivolgerle alcune domande.

Rexon telefonò, e Vance, con mal represso nervosismo, si alzò, accese una sigaretta, andò a guardare fuori dalla finestra.

Ma dopo un poco si volse.

— Ho l'impressione — disse — che stamattina mi sia mancato qualcosa. Una cosa di nessuna importanza, certo, ma il fatto mi turba ecco... Qualcosa, che inconsciamente aspettavo, non è capitata...

14. Fuori si pattina

Domenica, 19 gennaio, ore 1.15 p. m.

Marcia Bruce entrò, dignitosa e composta, e Vance accostò una sedia per lei.

— Dobbiamo rivolgervi alcune domande, signorina Bruce — disse.

— Nulla più mi può stupire in questo luogo — rispose filosoficamente la governante. — Farò del mio meglio per rispondere.

— Voi sapete, naturalmente, che parecchi smeraldi della collezione sono stati rubati.

— Sì, il signor Rexon me ne aveva informato. E questo mi stupisce meno di ogni altra cosa. Sono ben lieta di poter finalmente allontanarmi dalla torbida atmosfera che s'è creata intorno a quelle pietre.

— Che cosa volete dire, Marcia? — chiese Rexon.

— Ecco, preferisco avvertirvi subito, signore... tanto ora

o più tardi è lo stesso. Debbo presentarvi le mie dimissioni, signore, e comunicarvi che entro una settimana lascerò il vostro servizio definitivamente.

— Dimissioni...? Lasciare il mio servizio...? E perché mai, Marcia?

La governante arrossì.

— Il dottor Quayne mi ha fatto l'onore di chiedere la mia mano.

Vance sorrise.

— Ma bene! Ciò dev'essere avvenuto ieri sera, non è vero? Poco prima che veniste a prendere la signorina Joan... Sbaglio?

Marcia Bruce apparve sorpresissima.

— Come... come fate a saperlo?

— Luce d'amore in occhi di donna... Conosco i segni... Debbo congratularmi con voi?

— Sono molto lieto della notizia, Marcia — disse Carrington Rexon. — Ma... non potreste rimanere egualmente? Joan sentirà molto la vostra mancanza.

— Sono anch'io dolentissima di dovermi separare dalla signorina Joan... Ma Loomis... il dottor Quayne... intende lasciare Winewood. Due altri medici più giovani sono venuti a stabilirsi qui, e non ha più interesse a restare...

— E dove intende recarsi?

— Non ha ancora deciso. Forse all'estero.

— Capisco, capisco — fece Rexon rassegnato. — Ma, perbacco, sentirò molto la sua mancanza; e anche la vostra, Marcia.

— Mah! Ora però dobbiamo tornare ad argomenti meno piacevoli, signorina Bruce — disse Vance sedendo sul bracciolo di una poltrona. — Dunque voi ieri verso mezzogiorno dovevate trovarvi quaggiù a pianterreno, non è vero? — Certo. Mi fermo giù quasi tutta la mattina per sorvegliare i preparativi di cucina e...

— Vedeste Eric Gunthar?

— Osservai che gironzolava appena fuori dall'ingresso di servizio. Ma non posso dire se sia entrato in casa o no.

— Vedeste anche il vecchio Jed?

— L'eremita? No, non si avvicina mai alla casa, signore.

— Bene, potreste ricordare chi mai vedeste, ieri a quell'ora, nell'atrio o presso la Stanza degli Smeraldi?

— Con tutta la gente che c'è ora al castello... — La governante esitò un momento, come se stesse riordinando le idee. — Dunque... Il signor Richard traversò l'atrio un paio di volte... Vidi anche quel suo amico forestiero... Poi quel signore che va a caccia di tesori... Non so se aspettasse la signorina Naesmith o altro... Anche il dottor Quayne, vidi, ma senza potergli parlare.

Marcia Bruce sembrava felice di ogni scusa che le permettesse di accennare al fidanzato.

— Fu quando egli arrivò qui? — le chiese Vance.

— No. Quando stava per andarsene. S'era fermato più del solito, ed era in ritardo... Ricordo bene che la sirena di mezzogiorno aveva suonato pochi minuti prima.

Vance balzò in piedi e fece con la mano un cenno, come per chiedere silenzio. Il suo sguardo assunse un'espressione assorta.

Passeggiò più volte su e giù per la stanza, poi si fermò di colpo davanti allo scrittoio di Rexon.

— Quella certa cosa insignificante — disse, lasciandosi cadere in una poltrona. — Credo di averla trovata. La sirena. Non l'ho sentita oggi.

— La domenica, non suona — gli spiegò Rexon.

— No. Certo. Ma ieri...

— Che cosa può aver a che fare la sirena con quello che ci interessa, Vance?

— Tutto... Ho bisogno di pensarci un poco...

Si tolse di tasca il portasigarette, vi prese con un gesto brusco una *Régie*. Poi andò a guardar fuori dalla finestra, come era sua abitudine quando voleva concentrarsi. Il silenzio che regnava nello studio fu interrotto da un lieve bussare alla porta, ed Eric Gunthar entrò con aria impacciata rigirandosi nervosamente il cappello fra le mani.

— Mi avete mandato a chiamare, signor padrone? — chiese, tenendo gli occhi fissi al pavimento.

Fu Vance che gli rispose:
— Meglio che sappiate subito il peggio, Gunthar: il tenente O'Leary ha deciso di arrestare voi e vostra figlia come fortemente sospetti. Avrete notato che la signorina Ella è costantemente sorvegliata da un agente... È tornata con voi?
— Sissignore. È nel padiglione, a cambiarsi. Dice che deve pattinare.
— Bene — fece Vance. — Tra poco usciremo tutti ad ammirarla.
— Mi ha detto di dirvi, signore, che non ha potuto trovare il vecchio Jed.
— Grazie, non importa... Ma per tornare a quanto dicevo, ho pensato bene che voi vi faceste trovare qui. Inutile cercare di andarsene. Il tenente O'Leary arriverà da un momento all'altro. Fidatevi di me, come fa Ella. Cercherò di cavarvi dai guai... Se non riuscirò, non sarà colpa mia. Ora sedete ed aspettate. Capito?
Gunthar assentì con aria stanca e andò a sedersi là dove Vance gli indicava. Appoggiò poi il capo fra le mani e rimase così, immobile, rassegnato, spaventato.
Vance si era appena seduto a sua volta davanti alla scrittoio di Rexon quando si udì nuovamente bussare alla porta e O'Leary entrò seguito dal dottor Quayne.
Un breve odore di benzina entrò con loro.
— Vedo che il vostro veicolo ha avuto bisogno di una iniezione endovenosa — disse Vance sorridendo. Quayne si contentò di annuire.
— Auguri e congratulazioni, dottore — disse Rexon. — Marcia ci ha annunciato poco fa il vostro fidanzamento.
Quayne sorrise e guardò la signorina Bruce con un'espressione compiaciuta, poi andò a sedersi sul lungo divano di cuoio.
Marcia Bruce subito si alzò e andò a sederglisi accanto.
— Pensavo, sinceramente, che la cosa dovesse esservi gradita — disse Quayne.
— E così è. Ma sentirò molto la mancanza di voi due. E anche Joan.
O'Leary mormorò lui pure qualche parola di felicitazio-

ne, con lo sguardo fisso sulla curva figura di Gunthar. Poi corrugò la fronte e lanciò un'occhiata perplessa a Vance.

— Già — fece questi. — Come vedete, tenente, sapendo che sareste arrivato tra poco ho pensato bene di farvi trovare addirittura Gunthar sottomano. Volevo ricambiare in qualche modo tutte le cortesie che mi avete usato.

— E la ragazza?

— Anche lei vi aspetta, per così dire. Se non è già sul campo di pattinaggio ci sarà tra pochi minuti. Farà un'esibizione per gli ospiti. E sotto l'occhio d'aquila del vostro zelantissimo agente, si capisce...

O'Leary fece un passo indietro e guardò intensamente Vance.

— Che significa tutto questo? Qui c'è sotto qualcosa...

— Proprio così, tenente, c'è sotto qualcosa! Ma che cosa? Io credo che sia la sirena, la sirena di mezzogiorno che riecheggia fra le colline...

— Non capisco — interruppe O'Leary con un po' di impazienza.

— Lasciatemi fare, tenente. Qualche chiacchiera, poche domande... Un piccolo esame di coscienza... Poi, potrete condur via con voi Gunthar e sua figlia, se tale sarà ancora il vostro desiderio.

— E quanto tempo ci vorrà? Ho già atteso molto, per compiacervi, signor Vance... Per me, sono pronto ad arrestarli anche subito...

— Be', lascerò a voi la scelta del momento: va bene, tenente?

— Benissimo. Questo è giusto.

— Sicuro. Sempre sono giusto. Un po' volubile, a volte. Ma giusto.

15. Domande e risposte

Domenica, 19 gennaio, ore 1.45 p. m.

Il dottor Quayne si agitò nervosamente sul divano.

— È un affaraccio — disse. — Un affaraccio. Bassett è

morto da almeno dieci ore. Ho fatto trasportare la salma all'obitorio. Altra autopsia da fare. Da quanto ho potuto constatare da un primo esame superficiale posso dire soltanto che Bassett ha incontrato la morte in modo molto simile a Wallen. Ma, stavolta, non c'è una rupe dalla quale potrebbe essere precipitato.

— Avete notato anche voi, dottore, la grande somiglianza delle due ferite? — chiese O'Leary.

— Impossibile non notarla. Non ho mai veduto una più strana coincidenza. Se non ci fossero altri fattori che mi lasciano perplesso sarei disposto a giurare che entrambe le morti sono state provocate nell'identico modo.

O'Leary annuì con aria soddisfatta:

— Ho avuto anch'io lo stesso pensiero.

— A quanto ho inteso, signor Vance — disse il dottor Quayne — avete ricevuto un rapporto, stamane, che mette in sinistra luce la seconda vittima. E appunto ascoltando il racconto del tenente O'Leary m'è venuto fatto di architettare una teoria che vorrei ora esporvi.

— Vi ascolto con piacere — si affrettò a dire Vance.

— Ecco qua. Evidentemente quell'uomo era venuto qui col solo scopo di far man bassa almeno su parte degli smeraldi del signor Rexon. Se presumiamo che abbia compiuto un primo tentativo dall'esterno e che sia stato sorpreso da Wallen, dobbiamo concludere che una sola via di scampo gli rimanesse: quella di sopprimere lo stesso Wallen. Supponiamo ora ch'egli così abbia fatto, e che sia stato visto da un amico di Wallen il quale si trovasse nell'impossibilità d'impedire il delitto... Potete star certo che questo uomo avrebbe serbato in cuore il desiderio di vendetta e lo avrebbe mandato ad esecuzione alla prima occasione favorevole. La gente di qui è molto semplice e rude, e crede ciecamente nella massima "occhio per occhio". È gente che non esita a farsi giustizia con le proprie mani, quando lo crede opportuno.

— Plausibilissima teoria, dottore — replicò Vance. — Degna d'esser presa in considerazione... — Poi guardò Marcia Bruce seduta accanto al fidanzato: — Non diceste d'aver veduto il signor Sydes girar qua intorno ieri pomeriggio?

— Sì.

Vance si rivolse a Rexon:

— Volete mandare a chiamare quel signore? E anche vostro figlio? Immediatamente, per favore. Ci vuol rapidità ora, vecchio amico. L'uccello è sul ramo. Il tempo corre.

Rexon chiamò Higgins, gli diede l'ordine e pochi minuti dopo Stanley Sydes entrava, seguito da Richard Rexon. Quest'ultimo andò a sedersi sul davanzale della finestra dietro lo scrittoio del padre; Sydes rimase in piedi con le mani appoggiate alla spalliera di una sedia vuota.

— Un vero conclave — commentò con indifferenza il "cacciatore di tesori". — Spero che non ci farete perdere lo spettacolo della signorina Gunthar. Non ho mai visto una pattinatrice che possa esserle paragonata.

— Non siete il solo a pensarla così! — fece Vance. — Cercheremo dunque di non trattenervi troppo a lungo... Potreste dirci dove vi trovavate ieri quando suonò la sirena di mezzogiorno? La signorina Bruce, qui, dice che le sembra di avervi visto, verso quell'ora, quaggiù, nell'atrio.

Sydes rise forte.

— Non posso dire che abbia torto. Probabilmente ero diretto al bar in cerca di un tonico per i miei nervi scossi!

— Spero che il tonico sia stato efficace — sorrise Vance. — Oggi sembrate molto in gamba... E sentite un po', signor Sydes, per pura curiosità, voi vi interessate solo di tesori *sepolti*?

— Credo di non capirvi bene, signore. Come già vi ho detto è la passione della ricerca, l'avventura che mi seduce... Ma credo che nessuno torcerebbe il naso da un tesoro che... gli fosse messo sotto il medesimo, se così posso esprimermi.

— E sapevate che il signor Rexon possedeva una magnifica collezione di smeraldi?

— Cosa strana, l'ho saputo soltanto dopo un paio di giorni che mi trovavo qui. Lo scopo che mi aveva attratto era un altro... Comunque, posso aggiungere d'esser rimasto deluso quando mi venne detto che, in definitiva, gli smeraldi non ce li avrebbero fatti vedere.

— Sapete anche perché il signor Rexon non ha aperto la Stanza degli Smeraldi ai suoi ospiti?

— Non ne ho la più lontana idea, e non ho avuto abbastanza sfacciataggine per informarmene.

— Mirabile riserbo — mormorò Vance. — E che merita un premio. Risponderò io alla vostra domanda non formulata. Il fatto è, dunque, che parecchi smeraldi sono scomparsi, indubbiamente rubati... e che uno degli ospiti, il signor Bassett, è stato assassinato.

Richard Rexon balzò giù dal davanzale, e Sydes si drizzò, trattenendo il fiato.

— Incredibile — brontolò. —— Ma come? Lo avevo visto... — Si interruppe.

— Sì, Quando avete *veduto* per l'ultima volta il signor Bassett? — fu pronto a chiedergli Vance.

— Ora che ci penso — rispose l'altro esitando — oggi non l'ho visto per nulla... Posso.... posso far qualcosa?

— Grazie. Potete soltanto raggiungere gli altri ospiti e aiutare la signorina Gunthar a tenerli lontani da casa.

Sydes s'inchinò e uscì con aria grave e sollevata al tempo stesso.

Il giovane Rexon stava discorrendo sottovoce con suo padre.

Vance gli chiese:

— Che cosa sapevate del vostro amico Bassett, signor Richard?

Il giovanotto non rispose immediatamente, e Vance, mentre attendeva accese una sigaretta.

Finalmente l'interpellato parlò:

— Ben poco, temo... Sapevo solo che era un simpatico tipo, e un piacevole compagno di viaggio...

— Come se questo bastasse! — brontolò amaramente il vecchio Rexon. — E così ti eri accompagnato a un ladro!

— E sapevate — chiese Vance con indifferenza — che durante il suo breve soggiorno qui si era messo a dar noia alla signorina Ella? — Richard Rexon scosse il capo e Vance proseguì: — Il vecchio Jed si vide nella necessità di redarguirlo severamente, e forse si è spinto anche oltre...

Eric Gunthar balzò in piedi:

— Oh, signore, non dite una cosa simile! L'eremita può essere un tipo bislacco, ma è assolutamente incapace di un delitto! — Poi, quasi stupito dalla propria foga, il soprintendente si lasciò nuovamente cadere sulla seggiola.

Quayne guardò Vance con aria d'intesa:

— Questo ci riconduce alla mia teoria...

Vance annuì distrattamente, schiacciò il mozzicone della sigaretta in un portacenere, e chiese:

— Sentite, Gunthar, il vecchio Jed era in rapporti amichevoli con Lief Wallen?

— L'eremita non è in rapporti amichevoli con nessuno, eccetto la mia Ella.

— E Wallen aveva qualche amico, qui, che sarebbe stato capace di vendicarlo qualora lo avesse ritenuto vittima di un delitto?

— Non so se avesse degli amici, ma ognuno di noi sarebbe stato capacissimo di vendicarlo, se lo avesse ritenuto giusto.

— Molto interessante... e molto nobile. Ma credo che il tenente O'Leary abbia ora qualche domanda da rivolgervi.

— Signor Gunthar — cominciò O' Leary — vi trovavate all'osteria di Murphy la notte in cui Wallen morì?

Gunthar ci pensò un poco, quindi rispose:

— Sì, c'ero.

— E di là, vi recaste poi direttamente a casa vostra?

— Sissignore. Mi fermai solo un momento presso il castello per vedere se tutto procedeva bene.

— Vedeste Wallen?

— No... non credo — rispose Gunthar esitando; poi soggiunse: — O, almeno, se lo vidi non lo notai in modo particolare.

— E ieri, veniste al castello?

— Sì... e no. Voglio dire che venni sin qui, ma non entrai.

— E che cosa eravate venuto a fare?

— Avrei voluto parlare col padrone... — Gunthar guardò con imbarazzo Carrington Rexon. — Il signor Richard, vedete, voleva che venissi a promettere al padrone che, se mi avesse conservato il posto, non avrei bevuto più. Allora venni su, alla mattina presto, ma il padrone non era ancora sceso. Più tardi il signor Richard mi venne a trovare nel padiglione dove lavoravo e mi disse di venir su di nuovo. A dir la verità me la sentivo poco, ma il signor Richard insistette e allora obbedii... Però... avevo una fiaschetta con me e, per darmi coraggio, capite, bevvi un sorso... Subito dopo pensai che se il padrone avesse sentito odor di liquore ci avrei fatto una pessima figura e rimasi fuori senza sapermi decidere. Alla fine, ritornai al padiglione. Dopo colazione, il signor Richard venne di nuovo...

— Bene, bene, basta così — interruppe O'Leary con una certa impazienza.

— Io credo, tenente — s'interpose Vance — che la teoria del dottor Quayne sia più plausibile. Comunque io so che i medici quando trovano che una certa diagnosi non viene comprovata dai fatti la sostituiscono con un'altra più accettabile, pur fondata sugli stessi fattori essenziali.

— Giustissimo — commentò brevemente Quayne.

— Siamo dunque partiti dal principio che Lief Wallen, avendo sorpreso un tentativo di furto alla Stanza degli Smeraldi, venne deliberatamente ucciso. È anche abbastanza ragionevole pensare che ci sia stato un testimone oculare del delitto. Sappiamo poi che l'incursione nella Stanza è stata effettuata a mezzo della chiave del signor Rexon, e sappiamo inoltre che un tale Bassett, indubbiamente interessato agli smeraldi, cadde vittima di un secondo assassinio.

Vance tacque per accendere una *Régie*.

— Ci troviamo — riprese poi — di fronte ad un numero di incognite che ritengo eccessive per un solo problema: chi assistette al primo, ipotetico assassinio? Chi fece in modo di impadronirsi della chiave e di rubar gli smeraldi? Chi uccise Bassett? E perché?

Vance aspirò parecchie boccate di fumo, guardandosi in giro con aria assorta.

— Data la nostra premessa — continuò — Bassett sembrerebbe, a prima vista, designato come seconda vittima... — Tutti annuirono. — ...se soltanto avessimo trovato gli smeraldi addosso a lui, o in camera sua...

— Avete poi cercato bene? — chiese Rexon, con aria speranzosa.

Prima che Vance avesse potuto rispondere il dottore disse:

— Mio caro Rexon, quell'uomo non era certo tanto ingenuo da tenersi indosso, o vicini, gli smeraldi. Può averli benissimo spediti chissà dove, in un pacchetto...

— Giustissimo — fece Vance. D'altra parte, io sono invece forzatamente indotto alla conclusione che Bassett non può aver sottratto gli smeraldi.

Ci fu un mormorio di generale dissenso.

— E perché mai, signor Vance?... — chiese O'Leary.

— Per la semplice ragione, tenente, che non ne avrebbe avuto il tempo. Il signor Rexon ci disse di aver sentito la sirena di mezzogiorno che cominciava a suonare proprio quando venne colpito e perdette i sensi. È così, amico mio?

— È così. Ne ho l'assoluta certezza.

— Ma — fece il dottore — io non venni chiamato che dopo le dodici e mezzo. E presumo che nessuno prima di allora sapesse nulla dell'incidente occorso al signor Rexon.

— Giustissimo, dottore — replicò Vance. — Eppure insisto nel dire che Bassett non ebbe il tempo necessario per commettere il furto... L'abitudine, vedete, attutisce i nostri sensi per quanto riguarda gli atti e i suoni ripetuti. Quanti di noi si rendono conto del rintoccare di un pendolo, se non ci badano di proposito? Noi lasciamo che il tempo scivoli via inosservato. Ma se invece dobbiamo prendere il treno, o abbiamo un appuntamento importante, anche il ticchettio del nostro orologio acquista un significato... Non è questo psicologicamente esatto, dottor Quayne?

— Senza dubbio — rispose Quayne. E circondò con un braccio le spalle di Marcia Bruce, che sembrava smarrita nei propri pensieri.

— Benissimo, allora... Bassett ci raggiunse fuori in veranda che ancor durava l'eco della sirena. Forse lo avrete notato.

— Non posso affermarlo — rispose Quayne.

— Capisco. Dunque Bassett uscì, e sedette ad un tavolino, solo. Lo strano si è che io non avrei notato la sirena. L'abitudine, come ho detto. Ma sebbene al momento non mi sia reso conto di questo fatto, la mia attenzione venne richiamata *forzatamente* al suono della sirena... Da voi stesso, dottore. Ricordate?

— È possibilissimo. Avevo molta fretta perché m'ero indugiato più a lungo di quanto non intendessi.

— Esattamente. Ma la cosa importante, e che voi non potevate sapere, dottore, perché ve ne andaste immediatamente, è che *Bassett rimase sulla veranda per una mezz'ora almeno*... Non è dunque dimostrato così ch'egli non poteva aver commesso il furto?

Un nuovo mormorio generale accolse le parole di Vance.

— Eliminato dunque Bassett — continuò Vance — chi possiamo mettere al suo posto? Sydes, poco fa, qui, ha detto indubbiamente la verità.

— Può darsi — concesse O'Leary. — Ma Eric Gunthar? Vi avverto che non desidero indugiare ancora troppo a lungo.

Gunthar si agitò sulla seggiola e Richard Rexon avanzò:

— Se permettete, tenente, posso confermare io stesso la deposizione di Gunthar. Ha detto la pura verità.

— Sì, tenente, — affermò Vance. — Gunthar è stato debole, è stato sciocco, si è creato dei nemici col suo fare burbero, con la sua esigenza, e allora ha cercato un alleato nella fiaschetta... Pessimo sistema, che ha condotto lui, e con lui la sua povera figliola, al mal partito in cui si trova... Ma colpevole non lo ritengo, e anche voi sarete tra poco del mio parere, tenente... Qualche minutino ancora, per favore...

O'Leary brontolò il suo assenso e allora Vance si rivolse a Richard Rexon.

— E voi, signor Richard? Non potreste essere stato voi a

prendere gli smeraldi di vostro padre, averne fatto un pacchetto e...

Venne interrotto da un grido soffocato di Marcia Bruce che si alzò dal divano, gemette: — Oh, mio Dio! — e corse fuori della stanza.

Quayne la seguì, stupito, con lo sguardo.

La domanda di Vance al giovane Rexon, ci aveva lasciato tutti quanti stupefatti.

Richard, in piedi, pallidissimo e muto, fissava il suo accusatore.

— Da quanto ho osservato e udito — proseguì Vance — e lasciando per ora in disparte la questione del movente, mi sembra che voi abbiate avuto tutte le possibilità e le opportunità per...

Carrington Rexon balzò in piedi, e batté un pugno sullo scrittoio:

— Ma sentite, Vance! — gridò. — Mi sembra che esageriate! Se vedete le cose in modo così farsesco, preferisco che vadano all'inferno gli smeraldi, e che non si parli più di questa storia!

— Rexon ha perfettamente ragione — osservò Quayne. — Pensate allo scandalo...

— Ci penso, ci penso — ribatté Vance freddo. — Ma non si tratta solo degli smeraldi. Ci troviamo di fronte certamente ad un delitto, forse a due... E non credo che possiate "mandare all'inferno" anche questi...

Carrington Rexon scrollò il capo tristemente e si lasciò ricadere nella poltrona; Richard, ad un cenno di Vance, tornò a sedersi sul davanzale della finestra.

16. Cala il sipario

Domenica, 19 gennaio; ore 2.45 p. m.

Vance mosse qualche passo attraverso la camera e il suo sguardo venne attratto da due occhi che sbirciavano dentro, dalla finestra dietro le spalle di Richard Rexon. Era l'Eremita Verde.

Egli non si mosse quando Vance si avvicinò alla finestra e la socchiuse.

— Potete entrare anche voi, Jed — disse Vance con l'aria più naturale del mondo. — Vedrete molto meglio, ve lo dico io, e sentirete anche! Una bella comodità, no?

Richiuse la finestra, mentre il vecchio si allontanava, e tornò a sedere accavallando le gambe.

Higgins aprì la porta con espressione sorpresa.

— È il vecchio Jed, signore — annunciò.

— Bene, bene, fatelo accomodare.

Il vecchio canuto entrò, strascicando i piedi e sogguardando come in cerca di un luogo ove nascondersi. Finì con lo scegliere una sedia nell'angolo più vicino a Vance, e vi sedette senza pronunciare una parola.

— Dunque, dov'eravamo rimasti? — fece Vance. — Ah, sì! Dobbiamo ancora determinare l'identità delle persone coinvolte in questo caso misterioso di furto e assassinio.

Tacque. Poi riprese:

— Il signor Rexon mi ha detto, dottor Quayne, che voi avete intenzione di abbandonare Winewood.

Il dottore parve sorpreso.

— Francamente, sì — rispose. — Ma proprio non ricordo di averne parlato con Rexon. Comunque, non vedo che cosa i miei progetti per il futuro possano aver a che fare con quanto al presente ci interessa.

— Un momento, dottore. — Vance si trasse di tasca un foglietto e una matita, scrisse in fretta poche parole, e giocherellò col foglietto per qualche istante. — Il nostro problema va chiarendosi — annunciò poi. — Io dissi che Bassett non poteva aver preso i gioielli. Ma egli poteva benissimo — e probabilmente lo ha fatto — aver colto di sorpresa il signor Rexon ed essersi così procurato la chiave della stanza ov'erano racchiusi... Sì, per questo il tempo lo avrebbe avuto... Assegniamogli così una mezza parte... Ma l'altra metà?... Permettetemi una domanda ancora, dottor Quayne: perché ieri richiamaste la mia attenzione sul fatto ch'era mezzogiorno sonato?

— Protesto contro ogni insinuazione!... Avevo semplicemente fretta.

— Perfettamente: fretta di entrar nella Stanza degli Smeraldi e di uscirne di nuovo?

Quayne non rispose. Si contentò di sorridere come alla trovata di un ragazzo avventato.

D'improvviso la porta si aprì e Marcia Bruce entrò di corsa, rossa in volto, con in mano un pacchetto del quale cercava nervosamente di sciogliere l'involucro. Lanciò un'occhiata di sdegno all'uomo seduto sul divano di cuoio.

Nella momentanea confusione Vance passò il biglietto a O'Leary. Il tenente uscì dallo studio, rientrò quasi subito e andò a sedersi vicino Quayne.

Marcia Bruce era riuscita a svolgere il pacchetto e, nelle sue mani tremanti, vedemmo un sacchettino di pelle scamosciata, cucito rozzamente e chiuso con una striscia di adesivo.

— Ladro! Impostore!... — urlò la governante volgendo i fieri occhi verdi su Quayne. — Credevate di potermi facilmente ingannare, eh? Credevate, con le vostre paroline dolci, di poter fare di me una complice, uno scudo nell'ora del pericolo, eh? Pericolo? Vergogna, dite piuttosto, disonore!

Volgendo le spalle al medico, la donna porse il sacchetto a Vance; questi a sua volta lo depose davanti a Rexon.

Il vecchio lo aprì, ne vuotò sul piano dello scrittoio il contenuto: le gemme verdi, purissime, formarono uno strano disegno scintillante sul legno scuro.

— Credo ci siano tutti, Vance — disse Carrington Rexon riponendo accuratamente gli smeraldi.

Sul divano Quayne, pallidissimo, sembrava invecchiato di molti anni in pochi istanti.

Vance si rivolse alla governante.

— Posso chiedervi, signorina Bruce, come mai si trovava in vostro possesso, quel pacchetto?

— Me lo ha dato *lui*, ieri sera... Perché lo custodissi... Era avvolto in molti fogli di carta... Doveva costituire una sorpresa, mi disse, una sorpresa per dopo le nozze... e...

Si interruppe, con un nodo alla gola.

Vance le si inchinò lievemente.

— Vi ringrazio. È la prova materiale che mi occorreva... Una vera fortuna per il signor Rexon che le banche fossero già chiuse, ieri, no, dottore?

Quayne scrollò le spalle.

— La vostra teoria non era molto lontana dalla verità, dottor Quayne. Se noi assegniamo a *voi* la parte di colui che prende gli smeraldi, come le circostanze ci impongono di fare, il problema cessa d'essere problema.

— Ma come mai Vance... — Il vecchio Rexon sembrava incapace di trovare le parole.

— Spero che il dottore vorrà ora aiutarmi a chiarire la cosa anche nei particolari — disse Vance. — La comparsa di Bassett sulla veranda, ieri, doveva costituire l'avviso per voi ch'egli aveva compiuto la prima parte del lavoro... è così, dottor Quayne?

Quayne non diede segno di aver udito.

— Avendo in tal modo stabilito un ferreo alibi per voi nell'ora di mezzogiorno, non vi rimane che entrare nella casa, prender la chiave dove sapevate che il vostro complice doveva deporla... e il resto era semplicissimo. La vostra presenza in una qualsiasi camera del pianterreno non sarebbe apparsa strana a nessuno... E non volete neppure dirci, dottore, per mezzo di quale ricatto Bassett vi costrinse a entrare in combutta con lui?

Ancora Quayne non rispose.

— E allora non mi resta che ricorrere alle mie modeste intuizioni. Poco fa, però, vi dimostraste molto più utile... Suggeriste la possibilità di un testimonio oculare all'uccisione di Wallen... Ora chi si presta a questa parte meglio del signor Bassett? Certo, debbo per forza giocar a indovinare, ma...

Inaspettatamente il vecchio Jed interruppe:

— È così, signore... La notte che Lief Wallen morì, io c'ero... Sicuro, avevo seguito di nascosto la signorina Ella per proteggerla... La signorina non dovrebbe uscir sola, di notte... Allora vidi il dottore che camminava vicino a Lief Wallen... e dietro di loro quel vostro signor Bassett. Non pensavo che volessero far del male. Era tutto così quieto e pacifico...

Vance si rivolse a O'Leary con un'occhiata interrogativa. Il tenente si alzò e, con un gesto molto simile a quello dei giocolieri, mosse il braccio e si fece uscir dalla manica un ordigno d'acciaio lungo una ventina di centimetri, diritto ma variamente foggiato ai due capi.

— Per Giove! — esclamò Vance. — Una chiave inglese! Fa parte del normale corredo di ferri d'un'automobile! Eh, dottore?

Quayne si irrigidì con gli occhi fissi al ferro rivelatore ora nelle mani di Vance.

— Peccato proprio che il vostro primo tentativo di entrare nella camera del Tesoro sia andato male!... Dunque Bassett fu il testimone oculare! Chissà che razza di patto deve avervi imposto!...

Quayne parlò ora, per la prima volta, con tono stanco e amaro.

— Metà di quel che sarei riuscito a... prendere... E tutti i rischi per me.

— Ma voi prendeste la precauzione di abbandonare la collana nel padiglione nella speranza di compromettere sempre più Gunthar già gravemente indiziato, eh?

Quayne aprì le mani con un gesto rassegnato.

— Ma poi in definitiva — proseguì Vance — sentiste di non potervi fidare del vostro complice, e trovaste più sicuro e più conveniente metterlo fuori combattimento una volta per sempre.

Quayne si piegò rigidamente in avanti.

— Tanto posso dirvi tutto, ormai — fece. — Quando andai in Europa, due anni or sono, Richard mi presentò Jacques Bassett. Fu una disgraziata conoscenza, quella, per me. Subito l'individuo mi riuscì antipatico, eppure non potei fare a meno di subirne la perfida influenza. In un momento di debolezza mi lasciai convincere a introdurre clandestinamente negli Stati Uniti un pacchetto di pietre preziose. La cosa mi riuscì benissimo e se nacque qualche sospetto nei miei confronti, dovette poi apparire infondato. Credevo fermamente di non rivedere mai più Bassett per tutta la vita... invece Richard tornò e lo condusse con sé... Fu un colpo per me, ma naturalmente non potei dir nulla. Bassett, si capisce, era venuto qui col solo scopo di impadronirsi degli smeraldi di Rexon, e mi disse subito senza indugi la soddisfazione provata nel trovare sul luogo un alleato, che doveva per forza obbedirgli. Mi lasciò la scelta tra il fare quel che voleva lui, o la denuncia per il contrabbando di pietre preziose. Mi dipinse a rosei colori il mio avvenire, qualora lo avessi aiutato... Da anni speravo di poter sposare Marcia...

Lanciò un'occhiata alla donna che sedeva ora rigida e come impietrita.

— Ma i miei guadagni si erano fatti troppo modesti per permettermi di realizzare questo sogno — continuò Quayne. — Posso dire che ormai la mia risorsa era quasi unicamente la famiglia Rexon. Ma in tanti anni che vengo qua non m'era mai passato per il capo di impadronirmi degli smeraldi... Fu Bassett a spingermi, ed io fui sua facile preda... Lief Wallen sorprese il nostro primo tentativo e divenne necessario sbarazzarci di lui... Lo colpii con la chiave inglese, poi lo trascinammo sulla rupe e lo buttammo giù... Dopo di ciò avrei voluto andarmene per sempre, ma Bassett aveva ormai un'arma ancor più forte contro di me... Dovetti continuare, lungo la china...

Voi avete perfettamente intuito, signor Vance, come Bassett si procurò la chiave... Tardi, poi, nella notte, quando ci trovammo poco fuori del cancello per dividere il bottino ci fu una violenta disputa... Bassett mi minacciò, mi schernì, e allora... ancora una volta fui spinto a colpire... Il resto, lo sapete...

Quayne si alzò di scatto, e O'Leary lo imitò, traendosi di tasca un paio di manette, ma Vance gli fece cenno di no, col capo.

Il medico volse in giro uno sguardo annebbiato, come se

non vedesse, poi si portò una mano alla gola, e ricadde di schianto sul divano.

Vance gli si inginocchiò vicino, fece scivolare una mano sotto la sua giacca, gli sollevò le palpebre.

— Arresto cardiaco — disse brevemente con la sua caratteristica voce atona dei momenti gravi. — Meglio così per lui. E per tutti. *Exit* anche il secondo personaggio del dramma...

Ci fu qualche minuto di profondo silenzio, nella stanza, poi O'Leary chiese:

— Ma, signor Vance, come pensaste a quella chiave inglese?

— Oh, non è stata una cosa molto difficile. Due fattori erano oscuri per me, nel presente caso: l'elemento tempo, e l'arma letale. Il primo si chiarì quando mi balenò alla mente la possibilità di un accordo fra i due e di un alibi fondato sulla sirena di mezzogiorno; il secondo quando il dottor Quayne ritornò con voi dopo aver esaminato il cadavere di Bassett... Odorava notevolmente di benzina, e allora ricordai che qualche giorno prima aveva parlato del modesto rendimento della sua macchina, della necessità di controllare ogni tanto il motore... una semplice associazione di idee con la caratteristica ferita riscontrata sia in Wallen che in Bassett — una frattura lineare dell'osso temporale — mi fece pensare alla possibilità che Quayne si fosse valso di quell'arnese... Ricorderete, del resto, che, per puro caso, menzionai proprio una chiave inglese, la mattina in cui venne trovato il cadavere di Wallen.

Vance tacque per accendersi una sigaretta.

— Di solito, naturalmente, l'assassino si libera immediatamente dell'arma del delitto: ma nel nostro caso, il dottore dovette invece tenerla a portata di mano perché ad ogni momento gli poteva servire come innocuo utensile meccanico... Ero dunque convinto che l'avreste trovata ancora, tenente... e con ogni probabilità sul pavimento della macchina presso il posto del conducente... È così?

O'Leary annuì fissando Vance con occhi pieni d'ammirazione.

— Ma, signor Vance — chiese poi timidamente — supponete che voi non vi foste trovato sulla veranda quando la sirena suonò. Quayne non poteva contare sulla vostra presenza al momento giusto.

— No certo. Ma che gl'importava? Poteva contare sulla signorina Joan, sulla signorina Ella... Chiunque avrebbe servito allo scopo come me... forse meglio, anzi... Oppure... non so... Forse avrebbe fatto ugualmente in modo che la sua presenza in veranda a mezzogiorno risultasse inequivocabile ai miei occhi... Egli considerava questo fatto come la sua irrefutabile scappatoia, capite...

— Ma come poté Bassett entrare qui senza che me ne accorgessi? — chiese Carrington Rexon.

— Non diceste di essere uscito un paio di volte dallo studio, amico mio, durante la mattinata?... Quell'uomo era paziente, e vi sorvegliava... La posta in gioco era molto interessante, sapete?

Carlotta Naesmith irruppe nello studio:

— Quella povera piccina deve essere esausta, Cavalier Vance... Ma dice che deve continuare a pattinare sino a quando voi non le direte di smettere.

Vance si dispose immediatamente in modo da celare in parte il corpo di Quayne abbandonato sul divano.

— Grazie, signorina Naesmith... verrò tra un momento a dirle che tutto va bene... Vi raggiungeremo subito...

— Preferisco dirglielo io, a quella poveretta, che tutto va bene, — replicò Carlotta Naesmith, e fuggì via prima che Vance potesse dir altro.

Gli ospiti lasciarono il castello la mattina dopo.

Anche Richard Rexon sarebbe venuto a New York nel pomeriggio, con Vance e con me.

Carlotta Naesmith e Stanley Sydes furono gli ultimi della compagnia a salire in macchina. Sulla veranda, mentre Higgins portava fuori i loro bagagli, formavano un gruppetto piuttosto mogio.

Prima di scendere Carlotta Naesmith disse forte a Richard Rexon:

— Mi farete avere il vostro nuovo indirizzo, caro Richard? Io vi manderò delle cartoline dall'Isola di Cocos. Spero vi piaceranno.

Un sorriso d'intesa passò fra i due, mentre Carrington Rexon aggrottava le sopracciglia.

Stanley Sydes esclamò:

— Parlate sul serio, o Divina?

— Altro che! — rispose Carlotta salendo in macchina. — Quando si parte?

— Non appena sarà pronto il mio panfilo, tesoro — fece Sydes rincorrendola.

Più tardi, mentre nello studio di Carrington Rexon prendevano congedo, il vecchio disse a Vance, con amarezza:

— Come sono ingrati, questi nostri figlioli! Non so davvero dove il mondo andrà a finire.

— Via, via, le cose non sono poi tanto nere — protestò affettuosamente Vance. — E non foste proprio voi, Padron Rexon, a dire che il cuore umano è portato, in fondo, a desiderare la felicità altrui?

Rexon lo guardò e i suoi occhi si addolcirono in un sorriso. In quel mentre entrò Richard.

— Babbo, vuoi raccomandare anche tu a Higgins che prepari con cura i miei bauli?... E...

— Certo, certo, ragazzo mio... Abbi cura di te, torna presto... E, prima di andartene, accompagna Ella qui da me...

Vance, con una scintilla maliziosa negli occhi, uscì lasciando soli padre e figlio.

FINE

Il Giallo Economico Classico

1. **Agatha Christie**, *Poirot e il mistero di Styles Court*
2. **Edgar Wallace**, *L'abate nero*
3. **S.S. Van Dine**, *L'enigma dell'alfiere*
4. **Earl Derr Biggers**, *Charlie Chan e il pappagallo cinese*
5. **Joseph S. Fletcher**, *Il mistero di Marchester Royal*
6. **Edgar Wallace**, *La porta dalle sette chiavi*
7. **Earl Derr Biggers**, *Charlie Chan e il cammello nero*
8. **Edgar Wallace**, *L'orma gigante*
9. **S.S. Van Dine**, *La dea della vendetta*
10. **Edgar Wallace**, *Il segno del potere*
11. **Mary R. Rinehart**, *Morte sul castello di poppa*
12. **Edgar Wallace**, *Lo smeraldo maledetto*
13. **Anna K. Green**, *Due iniziali soltanto...*
14. **Joseph S. Fletcher**, *Il mistero del diamante giallo*
15. **Sax Rohmer**, *Il mistero della babbuccia sacra*
16. **Edgar Wallace**, *Il mistero delle tre querce*
17. **Carolyn Wells**, *Il marchio di Caino*
18. **John Buchan**, *I trentanove scalini*
19. **Joseph S. Fletcher**, *La torre di Scarhaven*
20. **Edgar Wallace**, *Il mistero della candela ritorta*
21. **Fergus Hume**, *Come una morsa*
22. **R. Austin Freeman**, *L'impronta scarlatta*
23. **S.S. Van Dine**, *Il caso della canarina assassinata*
24. **Edgar Wallace**, *L'arciere verde*

il Ciclo dei Giusti (i sei volumi sono disponibili anche in cofanetto):

25. **Edgar Wallace**, *I quattro Giusti*
26. **Edgar Wallace**, *Il consiglio dei quattro*
27. **Edgar Wallace**, *I Giusti di Cordova*
28. **Edgar Wallace**, *La legge dei quattro*
29. **Edgar Wallace**, *I tre Giusti*
30. **Edgar Wallace**, *Il ritorno dei tre*

31. **Fergus Hume**, *L'uomo dai capelli rossi*
32. **Carolyn Wells**, *Chiunque, eccetto Anne*
33. **Edgar Wallace**, *La valle degli spiriti*
34. **R. Austin Freeman**, *Il testimone muto*
35. **S.S. Van Dine**, *Il caso Gracie Allen*

36. **Alfred E.W. Mason**, *Delitto a Villa Rose*
37. **Edgar Wallace**, *Il pugnale di cristallo*
38. **Gaston Leroux**, *Il profumo della dama in nero*
39. **Mary R. Rinehart**, *La scala a chiocciola*
40. **Earl Derr Biggers**, *Dietro quel sipario*
41. **SS. Van Dine**, *L'ultima avventura di Philo Vance*
42. **Edgar Wallace**, *L'enigma dello spillo*
43. **Fergus Hume**, *L'occhio di giada*
44. **Mary R. Rinehart**, *L'uomo della cuccetta dieci*
45. **Edgar Wallace**, *La porta del traditore*
46. **R. Austin Freeman**, *L'affare D'Arblay*